KB071795

아버지의 노래

송범돈 자전소설

청어

아버지의

노래

돌이켜 보면 모든 것은 그리움뿐입니다.
말할 나위 없이 아버지, 어머니께 바칩니다.

작가의 말

시계 초침처럼 꼬리에 꼬리를 무는 걱정거리.
살면서 고민 없는 날이 별로 없었습니다.
잠이 오지 않는 새벽,
뒤척이다 결국 밖으로 나갑니다.
사람이 하나도 없는 하천변을 터벅터벅 걸었습니다.
걷고 걷고 걷고 그렇게 한 시간여 걸었을까요.
할 수 있는 게 그것이었습니다.
테니스 코트, 운동장은 아직 자고 있었습니다.
놀이터 긴 의자에 앉다가 이내 누워버립니다.
누가 보면 술에 떡이 된 사람인 줄 알 것 같았습니다.
구름이 담요처럼 별을 감췄고, 따로 삐져나온 별 세 개가
황금 모기처럼 반짝입니다.
　30분쯤 눈을 감은 채 가만히 있었습니다.
　그만 갈까! 눈을 떠보니 구름은 어느새 사라지고 싸락눈처
럼 작은 별들이 수도 없이 빛나고 있었습니다.

밤하늘, 별들, 새벽별이 그렇게도 많을까요.

노란 달이 마치 엄마처럼 '괜찮아! 뭘, 그걸 가지고 그래!' 말씀하듯 환하게 저를 비춰줍니다.

갑자기 집에 가고 싶어집니다.

벌떡 일어나 집으로 향합니다.

밤바람이 살랑이며 머리칼을 건드려 줍니다.

참 안도 되는 바람입니다.

어느새 독촉되던 고민도 가셔집니다.

발걸음이 그렇게 좋을 수가 없습니다.

그날 동틀 무렵

지은이

차례

개,
별,
하
늘

"인생이라는 바다를 직접 경험하지 못해도 알 수 있는 길은 책밖에 없단다. 인생의 문을 열 수 있는 유일한 열쇠는 책이 란다."
아버지께서 하셨던 말씀이 생각납니다.

신문이 쌓이고 있습니다. 여러 고지서가 마당 앞 흙이 묻
은 채로 젖어있습니다.

집배원이 던져놓은 것입니다.

빈집이라는 것을, 사람이 없다는 것을 알았던 겁니다.

우편함까지는 마당을 가로질러 가야 합니다.

마당은 입구부터 풀이 웃자라 무릎까지 닿을 정도로 무성
했습니다.

누구라도 들어갈 엄두가 나지 않았을 것입니다.

흙 묻은 고지서를, 버려진 신문을, 집배원을 타박할 일이
아니었습니다.

개밥을 주러 이틀에 한 번 꼴로 고향 집에 오고 있습니다.

아무것도 모를 것들.

며칠이나 됐다고 차 소리만 들어도 용케 알고 반깁니다.
저를 보자 환장하듯 꼬리를 흔듭니다.

아버지를 대신하여 왔지만, 밥이 온다는 것을 정확히 아는 겁니다.

'첩첩첩첩' 씹지도 않고 급하게 밥을 넘깁니다. 사료도 있지만, 주인을 잃은 녀석들이 안쓰러워 일부러 고깃국에 밥을 말아 주는 것입니다. 다 먹으면 사료를 퍼 놓습니다. 내일 또 올 수 없는 까닭에서지요.

그나저나 이젠 녀석들을 누군가에게 보내야 합니다.

하루 이틀이지 개밥 주러 시골까지 오고 간다는 것이 도대체가 쉬운 일이 아닙니다.

'저놈들을 어쩐다' 오늘도 역시 결정을 하지 못합니다.

'개도 웃겠다'는 말은 들어봤지만, '개도 울 일이다'라는 말은 들어본 적이 없습니다.

강아지 때 데려와 지금까지 밥을 먹여준 주인이 떠났습니다. 사실을 알 길 없기에 녀석들은 땅바닥에 턱을 괴고 저를 쳐다봅니다.

저는 엉뚱한 생각을 해 봅니다.

가만히 다가가 개귀에 대고 속삭입니다.

이래서 아버지께서 영영, 오시지 못한단다. 그래, 하늘나라로 가신 거야.

개도 제 말을 알아들으면 눈물을 흘릴 겁니다.

그동안 아버지께 꼬리를 흔든 만큼 말입니다.

고향 집 마루에 걸터앉습니다. 저녁볕이 마당과 마루에 따스하게 들어옵니다.

방앗간 옆으로 어릴 적 타던 자전거 3대가 서로 기댄 채 고스란히 자리를 지키고 있습니다.

삼 형제가 초등학교 때부터 타던 자전거입니다.

아버지가 체인에 구니스(그리스)를 쳐 주시고 브레이크를 조여 주셨던 생각이 떠오릅니다.

"내리막길을 조심하거라! 특히 차를 잘 보고. 알겠지!" 아침마다 챙기셨던 잔소리입니다.

학교까지 십 리를 왕복으로 통학 했습니다.

비포장 신작로, 코스모스길, 버들피리……. 유년 시절이 아련히 떠오릅니다. 행복했던 기억들이었습니다. 형이 생각 났고, 동생이 떠올랐습니다.

더 우애 있어야겠다고, 더 잘해야겠다고 생각했습니다.

그렇게 좀 앉아있었을까요.

슬슬 날이 어두워집니다.

화단과 마당이 풀 때문에 구분되지 않았지만, 그 속에서 풀벌레 소리가 나기 시작합니다.

쓰르쓰르, 치이치이.

귀뚜라미, 여치, 이름 모를 벌레들의 노랫소리가 정겹게 들립니다.

돌졸덜레졸 돌졸돌졸졸.

어디선가 물소리도 들렸습니다. 낮에 들리지 않던 소리들 입니다.

가끔 개들이 일어나 불침번 서듯 왔다 갔다 하다 도로 누워 버립니다.

달맞이꽃, 석류나무, 은행나무, 저녁 바람…….

까끌까끌한 마루의 나이테 문양이 보이지 않습니다.

키 큰 향나무 두 그루가 횃불처럼 하늘을 향해 솟아있습 니다.

마루에서 밤하늘을 올려다봅니다.

밤의 조화, 새로운 세계가 시작됩니다.

남청색 하늘! 성게 가시처럼 빛을 발하는 수많은 별들이 보입니다.

우주, 은하, 천체, 북두칠성, 카시오페이아!

저 하늘 무수한 별들이 서로 연결되어 빛을 발합니다. 컴 컴했지만 또 환합니다.

아버지, 어머니께서는 얼마나 높고, 먼 하늘, 어느 우주,

어느 별로 귀천하셨을까요? 얼마나 심원한 곳으로 말입니까!

안방 형광등에서 미세한 잡음이 들립니다. 나방과 곤충들이 연신 밝은 빛에 부딪힙니다.

텅 빈 방! 먼지 덮인 피아노! 어쭙잖게 놓여있는 색소폰!

방 끝으로 엄마가 두들기던 다듬이도 보입니다. 생각납니다.

이불 홑청을 당겼다 놓았다 팽팽하게 하시며 '피호오오오' 돌고래 소리로 물을 뿜는 엄마의 모습이 말입니다.

"한번 잡아보렴. 꼭 잡고, 그렇지, 그렇게 힘을 줘서 당겨야지."

풀을 먹여 지어주신 솜이불! 그날 밤 까슬까슬했던 감촉이 얼마나 좋았던지…….

집 안의 세간에는 모두 엄마의 손길이 묻어있었습니다.

책장을 빼곡히 채운 책과 오래된 액자도 보입니다.

거대한 돛을 세우고 하얀 포말을 가르며 망망대해를 향해 하는 범선이 보이고, 운명의 작곡가 베토벤이 무섭게 쏘아보는 사진이 걸려 있습니다.

그리고 그 옆으로 누렇게 빛바랜 신문지 한 장이 보입니다.

대학교 때 입상한 저의 단편소설입니다. 커다란 액자의 원그림은 빼고 제 학보를 끼워 넣으신 겁니다.

"인생이라는 바다를 직접 경험하지 못해도 알 수 있는 길은 책밖에 없단다. 인생의 문을 열 수 있는 유일한 열쇠는 책이란다." 아버지께서 하셨던 말씀이 생각납니다.

아버지의 영향으로 어릴 적부터 책을 읽었습니다. 솔직히 영향이라기보다는 강압적 명령에 의한 것이었습니다.

"일주일에 한 권씩이다. 반드시 읽어야 한다."

하지만 그때 읽었던 책들은 도무지 어렵기만 했습니다.

『전쟁과 평화』, 『여자의 일생』, 『카라마조프 가의 형제들』, 『폭풍의 언덕』, 『천로역정』……. 어린이가 읽기엔 쉽지 않은 내용이었습니다.

뭐가 뭔지 어려웠고, 지루하기만 했습니다. 소설 속 등장인물도 너무 많이 나왔고, 또 인물들 이름도 너무 길었습니다. 한마디로 재미가 하나도 없었습니다. 당연히 읽었어도 내용을 몰랐고, 그냥 페이지만 넘겼던 것입니다.

물론 다 그렇다는 것은 아닙니다. 『보물섬』, 『빨강머리 앤』, 『키다리 아저씨』, 『허클베리 핀의 모험』, 『마지막 수업』, 『돈키호테』(지금 생각하면 어려운 책이지만, 그때엔 재미있게 읽었음)…….

자유, 희망, 용기, 지혜, 모험……. 쫓기듯 긴박하기도 했고 읽고 나선 성취감도 얻었던 책이었습니다.

아버지는 너그럽고 인자하시다가도 또 위엄 있고, 고압적일 때가 계셨습니다.

한 달이 되면 읽은 책 네 권을 꼬박 검사받았습니다.

한 권 한 권씩 스토리를 물었고, 느낀 점을 말해야 했습니다.

신기한 것은 학교성적에 대해서는 일절 묻지도 않으신 겁니다.

저는 재미있게 읽은 책은 두런두런 얘기를 꺼냈지만, 어렵게 읽은 책은 벙어리가 될 수밖에 없었습니다. 하나도 기억이 나지 않았던 겁니다.

그럴 때 아버지의 눈빛은 칭찬과 실망감이 교차하셨습니다.

"그래, 그렇지. 맞아." 기쁘게 웃으시다가도,

벙어리가 된 책에서는, "왜, 읽지도 않고 거짓말을 하는 게냐."

실망하신 눈빛이 역력하셨습니다.

"정말 다 읽었어요. 진짜라니까요."

저는 억울했습니다. 친구들이 놀자는 걸 마다하고 읽었던 책이었습니다. 하지만 스토리가 기억나지 않는 걸 어떡합니까!

억지로 읽긴 했지만 사실 그건 읽지 않은 거와 마찬가지였습니다.

"요 며칠 학교 갔다 와서 나가지 않고 책만 보던데요. 다 봤을 거예요."

보다 못한 엄마가 거드셨습니다.

아버지는 어이없는 표정으로 말씀하셨습니다.

"알았다. 그만 가서 자거라."

저는 그 표정이 정말 싫었습니다. 야속했습니다.

친구들과 산속을 헤집고, 들녘에서 뛰놀고, 지는 해가 아쉽기만 하던 때였습니다.

놀지도 못하고, 방에 틀어박혀 책을 본다는 것은 어린 저에게는 여간 곤욕이 아니었습니다.

하지만 다독의 영향 때문일까요!

커서도 노트에 깨작깨작 습작하는 버릇이 생겼고, 운 좋게도 문예지 몇 군데에서 신인상을 받기도 했습니다. 실력이 있어서라기보다는 뭐 좀 성실해서 준 상 같았습니다.

아버지께서는 그것들을 모조리 벽에 붙여 놓으신 겁니다.

지인이 오셨을 때 보여주며 자랑하려고 했던 것이지요.

자식이 잘된 것만큼 아버지께 즐거운 일이 또 있을까요!

늘 웃음으로 대해주시던 아버지.

하지만 지금 아버지께서는 계시지 않습니다.

이별

준비된 이별은 없었습니다.

이별이 어떻게 준비가 되겠습니까!

하지만 인생에서 어쩔 수 없는 일들도 있었습니다.

아버지께서 버스에서 쓰러지신 마지막 동영상을 저는 볼
수가 없었습니다.

　영안실 차가운 곳에 안착하신 모습을 저는 도저히 볼 수
가 없었습니다.

　용기가 나지 않았고, 솔직히 겁도 났습니다. 어떻게 봅니
까! 눈 감고 누워계신 아버지를 뵙고 제가 무엇을 어떻게 할
수 있냔 말입니까!

　엘리베이터 문이 열리자마자 영안실이 보였습니다.

　"이쪽으로 오시죠." 관계자가 말합니다. 마지막 확인의 절
차입니다.

　회색 알루미늄으로 된 냉동고 문을 열어 보입니다.

　저는 얼른 몸을 돌렸습니다.

　영면하신 아버지를 저는 차마 볼 수가 없었습니다.

　형이 싸늘해진 아버지의 얼굴을 두 손으로 안았습니다. 그

리고 이마에 쪽쪽 소리 나게 키스를 했습니다.

"아버지! 어떻게 된 일이예요! 예? 아버지!" 형의 목소리는 절망적이었습니다.

형수님이 형을 부둥켜안습니다.

번쩍번쩍한 대리석 바닥, 눈이 부신 조명, 장례식장입니다.

세상에, 어쩌다가, 이런 일이, 상심을, 슬픔을…….

찾아온 조문객들은 하나같은 표정이었습니다.

그도 그럴 것이, 어제까지만 해도 건강하시던 분이 갑자기 돌아가신 겁니다. 병원 한번 가보지 않은 아버지십니다. 마른하늘 날벼락이 떨어진 겁니다.

향을 꽂고 절을 하고 위로를 합니다.

가까운 친인척의 조문일수록 눈물은 성급하게 나왔습니다.

참는 눈물에 몸이 덜덜 떨리기도 했습니다.

정신을 가다듬기 힘들었지만 그래도 울음을 참고 조문객을 맞이해야 했습니다.

조금 전 조문객 중 한 무리가 고별실 저쪽에서 너무 크게 웃습니다.

'주인공만 사라진 유일한 잔치'입니다.

상관없습니다. 형식이든, 마음이든 와준 것만으로 고마운 일입니다.

조문은 계속됐고, 저는 형과 동생과 참담한 마음으로 문상을 받았습니다.

유일한 이웃 개집아줌마가 늑대처럼 소리 내며 서럽게 울었습니다.

"운명을 어떻게 하겠습니까만, 어쩌다 이런 일이……."

손을 잡아주시는 아주머니를 따라 저도 울었습니다.

혼자오신 개집아줌마를 맞이해 줘야 했습니다.

손수건으로 계속 눈물을 훔치십니다.

"불쌍해서 어쩌누." 손과 등을 어루만져 주십니다.

화장실을 가는데 입구에서 형이 보입니다. 혼이 빠진 눈으로 담배를 태웁니다.

형을 안아주고 싶었습니다. 형에게 제가 말했습니다.

"뭐 이런 게 다 있어? 이럴 수가 있는 거야? 어떻게 이런 일이, 어떻게 이런 일이 일어날 수 있난 말이냐구?"

형은 대답 없이 정종 같은 눈물만 흘릴 뿐이었습니다.

아버지는 거짓말처럼 버스에서 쓰러지셨습니다.

탑승객이라곤 운전기사와 아버지 둘뿐! 새벽 첫차에서 말입니다.

새벽전화! 느낌이 좋지 않았습니다. 뭔가 다급할 것만 같은 느낌이 들었습니다.

"병원요? 뭐라고요, 아버지가요?"

불길한 직감은 피해가지 않았습니다.

그때 제게 들렸습니다.

제 삶 속 큰 별 하나가 사라지는 소리를, 영원히 기댈 것 같았던 커다란 기둥이 무너지는 지진 같은 소리를 말입니다.

"안 돼요.. 안 됩니다. 저희 아버진 안 돼요, 제발요."

끊어진 핸드폰에 "안 돼, 안 돼, 안 돼, 안 돼." 저는 미친 듯이 안 돼를 되뇌었습니다.

준비된 이별은 없었습니다.

이별이 어떻게 준비가 되겠습니까!

하지만 인생에서 어쩔 수 없는 일들도 있었습니다.

이틀이 어떻게 지났는지 모릅니다.

사람들이 새벽부터 분주합니다. 장지로 가야 할 시간입니다.

버스는 안개가 걷히지 않은 뿌연 고속도로를 녹색 나무들을 지나칩니다. 겹겹의 산을 지나고 터널을 몇 개 지나고 톨게이트를 빠져나갑니다.

지방도로를 더 달려 임도 길로 접어듭니다.

청회색이던 새벽이 갰습니다. 파란 하늘 포클레인 기사가 쉼 없이 땅을 파재끼고 있습니다.

오색 토양, 마사 토질, 흙이 좋다는 소리가 들렸습니다.

땅속입니다. 어찌 차갑고, 어둡고, 무섭지 않겠습니까!

묘지의 형틀이 마무리되고 있었습니다.

술을 올리고 넙죽넙죽 절만 했습니다. 구름 한 점 없었고, 소나무는 푸르렀고, 향냄새, 흙냄새, 땀 냄새가 섞여서 났습니다.

망자를 위한 기도문이 읊어졌습니다. 긴 기도문은 조근조근 낭송되었습니다.

지관의 주재로 하관이 끝났습니다. 이제 아버지는 더 이상 땅 위에 계시지 않습니다.

돌아올 수 없는 곳으로 가신 겁니다. 영영 이별입니다.

그렇게 아버지를 묻었습니다.

모든 게 끝장나 버렸습니다.

조문객들과 일꾼들이 할 일을 마친 듯 여기저기 모여앉아 술을 마시고 이런저런 얘기들을 합니다.

지관이 다가와 옷가지와 신발을 태우자고 합니다. 새 신, 새 옷을 입히고 저승으로 보내드리는 절차랍니다.

이미 땅속으로 묻히셨는데도 또 절차가 있었습니다.

아버지의 옷가지와 구두를 태웠습니다. 팔랑팔랑 타오르는 불꽃이 '안녕, 안녕' 이별하는 손짓처럼 보였습니다. 흔적조차 모조리 사라지는 마음이 들었습니다. 이렇게까지 마무리를 해야 하는 걸까요? 고인을 기리는 것인지, 잊기 위함인지, 아쉽고 서운하기만 했습니다.

제 표정을 보았을까요!

친척인지 지인인지 누군가 옆으로 다가와 위로를 건넵니다.

"새 옷 입으시고 좋은 곳으로 가시는 거야."

기
타

  그래, 살면서 한 번쯤 어떤 실수를 할 때도 있단다.

  하지만 명심해야 한다! 같은 실수를 두 번 하면 그것은 실수
라기보다 의도로 보일 수 있다는 것을, 알아들을 수 있겠니?

  잘못된 실수는 인정하고, 반성하고, 그리고 용서를 구해
야 한단다.

  그래, 이번 일은 하나님께라도 고백을 하고 용서를 빌거라!

  진심을 다해야 한단다. 그래야만 새로워질 수 있는 거란다.”

아버지는 작가셨습니다.

타다닥 타타타다닥, 지이익, 챙. 타다닥 타타타다닥, 챙.

타자를 치시는 소립니다.

새벽부터 일어나 타자를 치시고, 원고를 다듬고, 아침에 산책을 하며, 오후에 지인을 만나 약주를 드시곤 했습니다.

다른 친구들의 아버지들처럼 농사를 짓지는 않으셨습니다.

대신 어머니께서 감자나 고구마, 들깨나 콩 같은 밭작물 농사를 맡으셨지요.

저는 학교 갔다 와서 산 너머 밭으로 엄마에게 가곤 했습니다.

잔디가 싹을 틔워 부드럽고 폭신한 그 길을 노루가 뛰듯 걸어갔습니다.

아버지께서는 피아노도 잘 치셨습니다.

이모네서 얻어온 피아노를 치실 때 환하게 웃음 지며, 맵시 있게 리듬을 타던 아버지의 모습은 마치 바람에 흔들리는 선황색 장미꽃 같으셨습니다.

약주에 붉어진 볼이라 그렇게 보였을까요..

아버지께서는 그림도 수준급이셨습니다. 일주일 내내 그림만 그린 적도 있었습니다. 한마디로 예능에 능하셨습니다.

아버지의 창작집 표지도 본인께서 직접 그린 그림으로 만들어졌을 정도입니다.

창작에 대한 열정! 아버지께서는 매일 매일을 치열하게 글을 쓰고, 노래를 만들고, 그림을 그리셨습니다.

시골에서 또 주위 사람 아무도 알아주지 않은 고된 작업이었을 겁니다.

초등학교 때일 겁니다.

'누가 제일 잘 만드나 보자!'

아버지의 소설 겉표지 만들 때 가족 모두 안방에 둘러앉아 오리고 붙이고 했던 기억이 떠오릅니다.

'먹으며 하렴!' 엄마가 윗목 나무궤짝에 들어있던 고구마를 꺼내어 깎아주셨습니다. 아랫목은 장판이 누렇게 누를 정도로 따뜻했습니다. 서로 잡아당기며 장난치던 장미꽃 밍크담요가 떠오릅니다.

나와 형 동생 모두들 요란하게 만들어 봤지만 아버지의 그림을 따라갈 표지는 없었습니다.

그때 해맑게 웃으시던 아버지 모습이 떠오릅니다. 눈물이 나서 이 얘기는 그만 해야겠습니다.

초등학교 때 얘기가 나오니 한 가지 고백해야 할 것이 있습니다.

방학 때였나 봅니다. 놀란 수꿩이 파쇼숑 날아가고, 오후 내내 비둘기 복복대던 산촌의 아이들에게 방학은 심심하기도 했고, 무료할 때도 있었습니다. 어느 날 저는 친구와 읍내까지 걸어가 문 닫힌 고등학교에 몰래 들어갔습니다. 형들이 쓰던 연필이나 지우개, 운 좋으면 샤프펜슬, 기껏해야 학용품 같은 것을 얻으러…… 아니죠, 솔직히 말하면 훔치러 갔던 것이지요.

왜 그런 행동을 했는지 모릅니다.

동네 형들이 거기에서 축구공이나 야구공을 주워왔다는 소리를 듣고선 따라했던 것 같기도 합니다.

몇몇 형들은 볼을 찼고, 어르신들 몇 분이서 플라터너스 아래 벤취에 앉아 있었습니다. 방학 때 운동장은 한가롭게만 보였습니다. 우리는 슬슬 눈치를 보며 교실 쪽으로 발걸음을 옮겼습니다.

누구도 어린 소년들에게 관심을 두지 않았습니다.

출입문은 모두 잠겨있었지만 우리가 넘기에 좀 높은 격자 창 한두 개는 손으로 쉽게 열렸습니다.

원숭이처럼 훌쩍 넘고, 빈 교실을 누비며 다녔습니다. 긴장도 됐고, 스릴도 있었습니다. 촌놈들에겐 뭐든지 궁금했겠죠. 새롭기도 하고요. 우린 뭐, 스파이나 군인이라도 된 것처럼 책상과 걸상 사이를 엎드려 다니기도 하고, 무슨 소리라도 들릴라치면 숨을 멈추고 교실 벽에 등을 바짝 대기도 했습니다.

오래전 일인데도 세세한 것 하나하나까지 다 기억이 납니다.

여하튼 그날 볼펜 몇 자루와 한두 장 찢으면 새것 같은 노트 몇 권을 손에 넣을 수 있었습니다. 친구 녀석은 필통도 찾았고, 필통 속에는 샤프도, 도루코 검정칼도 들어있었습니다. 지우개 달린 연필, 스프링 수첩, 이것저것 자꾸만 찾아내는 친구 녀석에게 저는 샘이 다 났을 정도였습니다.

그러다가 그게 눈에 들어온 겁니다. 거짓말 조금 보태 제 키만 한 게 말입니다. 그건 다름 아닌 가죽케이스로 싸여있는 기타였습니다.

저는 과감하게 그걸 안았습니다.

'너 정말! 어쩌려고!' 친구 녀석은 휘둥그레 눈으로 저를 바라봤습니다.

저는 그 눈빛을 과감히 무시해버렸습니다.

겁도 났지만 좀 우쭐대고 싶었습니다.

생각해볼 것도 없다는 식으로 기타를 가지고 나왔습니다. 세상에 백주대낮 초등학생이 말입니다.

무모한 것과 과감한 것을 몰랐던 겁니다.

우리는 기타 때문에 집에 들어가지도 못하고 다리 밑에서 밤이 내리길 기다렸습니다. 배도 고프고 시간은 더디게만 흘렀습니다. 기다리다 지친 친구 녀석이 꽁시렁거리다 먼저 들어가 버렸습니다.

혼자서 쪼그리고 앉자, '괜한 일을 했나' 하는 후회가 밀려들었습니다.

하지만 후회해도 어쩔 수 없었습니다. 드디어 땅거미가 지고 날이 어둑어둑해졌습니다. 동네로, 집으로 들어가기가 도대체 쉽지 않았지만, 저는 기타를 등에 매고 일부러 성큼성큼 걸어갔습니다. 다행이 마주치는 사람이 없었습니다. 집 앞에서 눈치를 살피다 증조할머니가 계신 사랑방으로 몰래몰래 들어갔습니다. 뒤꼍하고 연결된 사랑방은 도대체 숨길만한 곳이 없었습니다. 기타는 작은 물건이 아니었습니다. 숨길 곳을 물색하던 저는 납작 엎드려 마루 밑으로 들어갔습니다. 흙냄샌지 쇠냄샌지 오래된 냄새가 났습니다. 귓가에 모기가 앵앵거리고, 언제 왔는지 누렁이 녀석이 제 뺨을 핥았습니다. "저리가, 바보야!" 누렁이는 뭐라도 궁금한 듯 꼬리까지 흔들면서 낑낑거립니다.

둥둥둥둥, 귀에서 맥박 뛰는 소리가 들렸고, 얼굴과 등은 땀으로 흠씬 젖었습니다.

어째서인지 가져온 것보다 숨겨놓기가 더 어려웠습니다.

그 뒤, 저는 친구와 온종일 매미소리가 쏟아져 내리는 숲속을 돌아다녔습니다. 산짐승처럼 숲을 쏘다니며 방학을 보냈습니다. 산속에는 먹을거리, 이를테면 산딸기, 개복숭아, 덜 익은 풋밤, 으름덩쿨, 깨금, 산오디, 버찌, 심지어는 칡뿌리까지 캐서 씹어 먹곤 했습니다. 그렇게 기타를 까맣게 잊어버리고 말았던 겁니다.

개학을 하고 두세 달 지났을까요. 어느 날 아버지께 들키고 말았습니다.

"이게 뭐냐? 어떻게 네가…… 지금 무슨 일을 저질렀는지 알기는 하는 게냐?"

아버지의 그런 노함을 본 적이 없었습니다. 책을 읽지 않았다고 혼내시던 것과는 너무도 다른 얼굴이었습니다.

"언제 그랬니? 음…… 돌려주고, 용서를 구해야 할 텐데……."

잘못했다고, 이실직고 구하기엔 시간이 좀 지나버렸습니다.

"남의 물건을 훔치면 그 자체로도 죄가 되지만, 먼저 잃어버린 사람의 마음을 생각해 봐야 한단다. 아끼던 것을 잃은 사람의 심정을 말이다. 기타를 잃어버린 학생의 마음이 얼마나 아프겠니? 아무 생각 없이 한 행동도 누군가의 마음에 깊은 상처를 줄 때가 있단다. 만약 네 자전거를 누군가 몰래 가져갔다고 해봐라. 화도 나고 또 네 마음이 얼마나 속상하겠니! 음, 네가 직접 그 학교에 가서 도로 돌려줄 수 있겠니?"

저는 말을 못 했습니다. 말을 할 수가 없었습니다. 용기도 나지 않았습니다.

"그렇다면……." 아버지는 잠시 주저하셨습니다.

"이 얘기는 누구에게도 하지 말거라."

아버지 불호령의 눈빛을 그날 저는 처음 보았습니다. 매를 대진 않으셨지만 아버지의 굳은 낯빛에 제 행동이 너무도 후회됐습니다.

"거기 있거라!"

마침내 아버지는 뭔가 결정을 내리신 것 같았습니다.

뒤꼍에서 탁탁거리는 소리와 함께 매캐한 연기 냄새가 났습니다.

저는 알았습니다. 너무 큰 죄를 지었다는 것을……

저는 차라리 매를 맞는 것이 낫다 싶었습니다. 지금 이 상황이 너무도 싫었던 겁니다.

1시간 같은 1분 1초가 흘렀습니다.

사랑방 앞에서 시키지도 않은 열중쉬어를 하고 울고 말았습니다.

제 곁으로 오신 아버지는 애써 얼굴을 펴셨지만 여전히 무거운 목소리로 말씀하셨습니다.

"그래, 살면서 한 번쯤 어떤 실수를 할 때도 있단다. 하지만 명심해야 한다! 같은 실수를 두 번 하면 그것은 실수라기보다 의도로 보일 수 있다는 것을. 알아들을 수 있겠니? 잘못된 실수는 인정하고, 반성하고, 그리고 용서를 구해야 한단다. 그래, 이번 일은 하나님께라도 고백을 하고 용서를 빌거라! 진심을 다해야 한단다. 그래야만 새로워질 수 있는 거란다."

아버지의 삶에서 종교나 하나님을 들어본 적이 없었습니다. 책을 많이 보셨고, 가끔 읍 신부님과 어울린다는 것을 알기만 할 뿐이었습니다.

그때 저는 제 인생에서 커다란 무언가를 배울 수가 있었습니다.

해야 할 일과 하지 말아야 할 일. 그보다 더 큰 것. 아버지
의 마음을 말입니다.

코스모스

천안터미널에서 오히려 제가 두 분을 배웅하던 때가 생각납니다. 버스 안에서 아버지, 어머니가 저를 보셨습니다. 사려 깊은 두 분의 눈빛과 표정은 오로지 사랑하는 자식을 위한 것이었습니다.

대학교 입학 때 일입니다. 부모님이 같이 천안에 오셔서 제 방을 얻어주시고, 남산 다가동 시장통에서 오붓이 곱창을 구워 먹던 때가 떠오릅니다.

레몬 같은 기름이 톡톡 튀며 노랑노랑 하게 굽는 곱창 냄새는 정말 구수했습니다. 처음 맛보는 소스에 구운 곱창을 찍어 입에 넣고 곱적곱적 씹어 먹었습니다. 꼬랑꼬랑한 냄새가 좀 나긴 했지만 참 맛있었습니다.

"한잔할 수 있겠니?"

저는 말없이 웃음으로 대답했습니다.

"여기 잔 하나 더 주세요."

아버지께서 처음으로 소주를 따라 주셨습니다.

저는 너무 기뻤고 아버지가 정말 멋져 보였습니다.

그렇게 곱창을 먹고 천안터미널에서 오히려 제가 두 분을 배웅하던 때가 생각납니다. 버스 안에서 아버지, 어머니가 저를 보셨습니다. 사려 깊은 두 분의 눈빛과 표정은 오로지 사랑하는 자식을 위한 것이었습니다. 차가 떠나고 혼자서 걷는데 눈물이 핑하고 고였습니다. 뿌연 눈으로 보도블록이 잘 보이지 않았지만, 결연히 자취방을 향해 걸어갔습니다. 그래야 할 것 같았습니다.

본격적으로 책을 읽기 시작한 것은 그때부터입니다.

책은 외로움의 돌파구인 셈이었습니다.

하지만 어째서인지 읽고 나면 더 외롭기도 했습니다.

학교에서도 공부가 아닌 독서로 도서관에 들렀고, 소설이나 시를 읽으면 어휘, 단어, 문장들이 설레게 하게도 했고 처음으로 '경이로움!'을 느끼게 하기도 했습니다.

고전을 읽을 때면 뭐라 할 수 없는 완벽한 기분이 들기도 했습니다.

저는 감정까지 동화되어 가슴이 터져버릴 것 같았습니다.

도저히 그대로 있을 수 없어 몇 번이고 일어나 화장실에 가 거울을 보곤 했습니다.

내면에서 용솟음치는 자신감의 기운이 제 눈에서 빛났습니다.

콸콸 나오는 수돗물도 제 기분처럼 충만하게 느껴졌습니다.

주체할 수 없는 마음에 친구를 불러내어 소주를 마셨습니다.

소주는 그때 제게 '영혼의 약수(?)' 같기도 했습니다.

이성과 감성, 삶의 가치, 영적인 세계, 변화와 진리, 특히 애틋한 사랑 얘기들. 뭐든지 감당할 수 없을 정도로 책이 좋았습니다.

김승옥과 이동하가 그랬고, 랭보나 카뮈, 페르난도 페소아가 그랬습니다. 백석과 다쿠보쿠가 또 그랬습니다.

『감각』이라는 '랭보'의 시는 아예 외우고 다녔고, 늘 써먹곤 했습니다.

짙은 여름의 저녁 석양이 지면
나는 오솔길을 걸어가리라
밀 이삭에 찔리며 어린 풀을 밟으며 맨발로 걸으리

꿈꾸듯 내딛는 발걸음
나는 몽상가의 발밑으로 그 신비함을 느끼리
바람이 내 머리카락을 만지도록 내버려 두리

아무 말도 하지 않으리

아무 생각도 하지 않으리

그러나 끝없는 사랑은 내 영혼에

한없는 사랑으로 피어오르리

나는 가리라 멀리 더 멀리 보헤미안처럼

자연 속을 그녀와 함께 사랑에 젖어

– 『감각』 랭보

"이런 게 진짜 시야!" 하며

친구 녀석에게 읊었던 시입니다.

여자 친구가 생기면 읽어주고 싶었던 시였습니다.

공원이나 벤치에 앉아 바람이 불 때 머리칼을 만져주며
읽어주고 싶었습니다.

책 얘기만 시작되면 빈 깡통처럼 요란했습니다. 지적 허
영심에 장광설을 쏟아냈고, 그저 장황하기만 했던 시절이었
습니다.

야단스럽게 떠드는 저를 보고 친구는 그저 소 닭 보듯 소
주만 마셨습니다.

그래도 좋았습니다. 계속해서 떠들 수 있는 소주가 있었기 때문입니다.

페소아의 『양떼를 치는 사람들』 전문도 읊어줬지만 여기서는 생략해야겠습니다.

외로웠었나 봅니다.

감성적인 녀석이 타지에서 있다 보니 그렇기도 했겠죠.

그 나이 때는 누구나 그렇겠지요.

술을 마신 밤, 방에 누우면 외로움이 밀려들었습니다.

고향집, 엄마, 아버지, 형, 동생, 누렁이······. 바람에 나뭇가지의 낙엽이 흔들리듯 한번쯤 다 떠올랐습니다.

여자를 사귀고 싶었습니다.

외로움을 위로받을 수 있는 따뜻한 여자를 말입니다.

어느 날, 집으로 가는 길, 정류장에서 버스를 기다릴 때였습니다.

그 당시에는 차량이나 버스 통행량이 그리 많지 않았습니다.

어디라도 갈라치면 한 시간여 기다리는 것은 다반사였습니다.

가을날이었습니다.

파란 하늘이 그랬고, 연홍빛 코스모스가 한창이던 때였습니다.

잠자리들, 꿀벌, 상큼한 바람, 황금빛 뜰…….

달랑 여학생 둘과 저, 셋이 정류장에서 삼십 분째 버스를 기다리고 있었습니다.

호호, 하하, 키키…… 저와 비슷한 학번으로 보이는 여학생들은 할 얘기가 어찌나 많은지 계속해서 웃으며 얘기했습니다.

저는 혼자서 부끄럽기도 했습니다. 멀찌감치 다른 곳을 보기도 하고, 신발로 흙을 차기도 했겠죠.

그러다 버스가 도착을 했고 셋 모두 버스에 올랐습니다.

열어놓은 창으로 벼 냄새와 차가운 공기가 기분 좋게 들어왔습니다.

저는 자꾸만 방금 전 한 여학생이 의식되었습니다.

두 갈래 땋은 머리도 그랬고, 하늘색 원피스도 참 예뻤습니다. 책 몇 권을 들고 있던 모습까지 정말이지 청순해 보였습니다.

유머가 있다거나, 내성적이지 않았다면 버스를 기다리는 동안 충분히 얘기를 나눌 수도 있었는데 말입니다.

이런저런 생각을 하던 중 버스는 집 근처에 도착했습니다.

누른 벨로 차가 멈추고 저는 버스에서 내렸습니다.

그런데 그때 뒤쪽 창문이 열리더니 글쎄, 그 여학생이 마름모로 접은 쪽지를 던져주는 겁니다.

저는 얼떨결에 쪽지를 받았습니다.

버스는 그렇게 떠났고, 뒷자리 여학생 둘이 저를 바라보며 손을 들고 웃고 있었습니다.

가을볕 속, 해맑은 미소!

'다음에 보면 아는 체 먼저 하기. 무슨 과죠? 남방이 참 예뻐요.'

저는 기분이 너무 좋았습니다.

'남방이 예쁘다'는 소리가 제겐 '잘생겼다!'라는 말로밖에 들리지 않았습니다.

두 갈래 땋은 머리, 하늘색 원피스, 당시엔 청순하다는 말이 무슨 천사와 같은 동급(?)의 의미로 통하던 때였습니다.

그날 저는 또 이참 저참 친구를 부르지 않을 수 없었습니다.

"야! 정말 예뻤다니까, 제발 좀 믿어줘라. 이 편지 안 보이냐?"

저는 쪽지를 흔들며 기분 좋게 우쭐거렸습니다.

공고를 나온 친구는 리포트나 학점에만 관심이 있었습니다. 역시 우이독경 눈으로 저를 봤지만 매번 고마운 것이었습니다.

버스를 기다리는 동안 양 갈래 여학생과 눈이 몇 번 마주쳤습니다.

버스가 더 늦게 오길 바랐는지도 모릅니다.

그 뒤 저는 그때 입었던 진노랑 치자색 남방만 줄기차게 입고 다녔습니다.

하지만 아쉽게도 그 여학생을 다시 보진 못했습니다.

기억은 참! 어른이 돼서도 시골길……. 우연히 코스모스를 보면 그 가을, 연홍빛! 선하게 웃던 그 여학생이 떠오릅니다.

잠이 오지 않은 밤, 자기연민에 빠져 이리저리 뒤척이다 보면, 적막을 가르며 빠르게 지나가는 직행버스의 엔진소리가 들렸습니다. 플라타너스 사이를 지나가는 그 막차 소리만 들어도 고향 집이 그리웠습니다.

금요일이 되면 수업을 대강 마치고 고향 집으로 향합니다.

어디를 떠나가는 여행보다 집으로 가는 여행이 저에게는 더 좋았습니다.

"우리 아들 어서 오렴." 엄마가 반겨주십니다.

집에 도착해 제 방으로 들어가면 마음이 '착' 하니 안정되었습니다.

오래된 책상, 손때 묻은 서랍, 의자, 장판, 천장……. 일주일밖에 지나지 않았는데 그리웠던 공간입니다.

"밥은 잘 챙겨먹고 다니니? 뭐해줄까? 좋아하는 조기찌개 해줄까? 고사리를 넣어야겠구나."

엄마는 음식으로도 사랑을 표현하십니다.

"그래 어떠냐? 할 만하니?" 객지 나간 아들생각에 옆에서 자상하게 물어봐 주시는 아버지.

저는 별 생각 없이 "그냥 그렇죠 뭐." 하고 대답합니다.

'그럼요, 할 만해요.'라고 했어야 할 대답이었습니다.

"열심히 하고, 늘 조심하고, 알았지!" 아버지의 당부엔 자식을 아끼는 보호와 애정이 고스란히 담겨있었습니다.

낯간지러운 얘기 한 마디 더 해야겠습니다.

아버지는 저를 보면 시도 때도 없이 잘생겼다는 말씀을 하셨습니다.

여느 아버진들 안 그런 분 없을 테지만, 아버지께서는 유독 저에게 대놓고 그런 말씀을 자주 하셨습니다.

'네가 가장 잘생겼다. 정말이란다. 키도 크고 훤칠하고…….'

가끔 지인이나 친구 분들이 집에 찾아오면 "우리 둘째여,

잘생겼지!" 하십니다.

저는 괜히 심통 부리듯 "뭐가, 잘생겼어요!" 하고 버릇없이 자리를 피하고 했습니다.

아버지는 제가 성인이 돼서도 변하지 않았습니다.

심지어는 사돈되는 분과 상견례 때, 또 얘기를 꺼내시는 겁니다.

"제 자식이라고 드리는 말씀이 아닙니다. 사위 정말 잘나지 않았나요?"

저는 깜짝 놀랐고, 어쩔 줄을 몰랐습니다.

장모 되시는 분께 '잘생겼다. 잘난 사위다.' 다짜고짜 말씀을 꺼내시는 겁니다.

나름대로 격식이 있고, 조신해야 될 자리 아닙니까!

아휴! 어지간하신 우리 아버지!

잘났건 못났건 어쨌거나 장모님의 몫일 텐데 말입니다.

실례고 뭐고, 없나봅니다.

누가 제게 그런 말을 해줄까요?

누가 저를 그렇게 자랑할까요?

아버지, 어머니밖에 없었습니다.

비둘기

아버지의 뒷모습을, 외로운 등을 왜 보지 못했을까요.
아무도 기다려주지 않는 곳!
돌아갈 곳이 가장 외로운 곳이라면 누구들 가고 싶겠습니까!
기다려주는 사람이 아무도 없는
창고 같은 곳으로 아버지는 버스를 타셨습니다.
몰라도 너무 몰랐습니다.

돌이켜보니 아버지는 혼자셨습니다.

엄마가 돌아가신 지가 벌써 20년이나 다 되어갑니다.

그때부터 매일매일 술을 드셨습니다.

고독이 시작되셨던 겁니다.

외로움, 창작, 그리고 술! 떨어지기 힘든 관계입니다.

자식들에게 일체 내색 않으셨지만 그때부터 아버지께선 겉도셨던 겁니다.

홀로, 술로만…….

너무 외로웠을 아버지의 삶! 그렇게 하루하루를 흘려보내신 겁니다.

작곡은 외로움을 극복하는 처절한 노력이셨을까요!

집 가(家), 먹을 식(食). 먹고 자는 관겐가요?

한 지붕 아래 함께 사는 사람이고, 같이 모여 밥 먹는 사람들이 가족이며 식굽니다.

혼자 주무시고, 혼자 드신 밥.

철저한 고립무원!

어쩌면 아버지는 가족도 식구도 아니었던 겁니다.

생신 때나, 어버이날, 엄마의 기일, 어쩌다 달랑했던 식사.

저는 아버지를 알량하게 만났고, 알량하게 웃고, 알량하게
또 헤어졌습니다.

버스정류장에서 "조심히 들어가세요." 배웅하고는 그게 다
인 줄 알았습니다.

아버지의 뒷모습을, 외로운 등을 왜 보지 못했을까요.

아무도 기다려주지 않는 곳!

돌아갈 곳이 가장 외로운 곳이라면 누구들 가고 싶겠습니
까!

기다려주는 사람이 아무도 없는 창고 같은 곳으로 아버지
는 버스를 타셨습니다.

몰라도 너무 몰랐습니다.

어느 날부터인지 아버지는 웃으실 때 손으로 입을 가리셨
습니다. 틀니 때문입니다.

아버지의 웃음이 좋았지만 저는 그 모습을 볼 때마다 죄송
했습니다.

자식 앞에서도 입을 가리고 웃는 모습이 너무 속상했던 겁니다.

아버지께 임플란트를 꼭 해드리고 싶었습니다.

하지만 이젠 소용없는 일입니다.

'치과 좀 같이 가시죠!'라는 말을 한 번도 못 드렸습니다. 바보처럼 말입니다.

자꾸 미루기만 했습니다.

제 이가 아프면 아버지께서 그냥 계셨을까요?

제 자식 이가 아프다면 제가 그냥 있었을까요?

죄송합니다. 잘못했습니다.

카드도 있고, 맘먹으면 그쯤 못 해드렸을까요?

홈쇼핑 렌터카 광고만 아쉽게 보던 제가 정말이지 부끄러워 참을 수가 없습니다.

흔들리는 틀니, 새는 발음, 헤싱헤싱해진 머리카락!

홍색 구두, 올백머리 멋쟁이 아버지께서 정말 늙으셨던 겁니다.

비 오는 날! 전깃줄에서 고스란히 비를 맞는 비둘기들을 볼 때가 있습니다. 평화의 상징. 사랑의 전령사. 한때는 호들갑을 떨며 팝콘이다. 사진이다. 같이 하던 새였습니다. 지금은 천덕꾸러기를 넘어 날아다니는 공해로까지 전락하고만 새입니다.

사람들에게 외면당하고 갈 곳이 없고, 눈치를 보며 먹이를 구걸합니다. 쓰레기 더미에서는 눈치를 볼 것도 없습니다.

푸른 숲, 안개가 막 걷힌 깨끗한 숲에서 뻐꾸기, 쏙독새, 산새들과 나뭇가지 위에서 맑은 눈으로 있어야 할 비둘기가, 회색 도심 한복판, 콘크리트와 아스팔트, 전깃줄과 달리는 자동차 속에서 살아갑니다.

죄송한 말씀이지만, 공원에 홀로 있는 노인을 볼 때, 그 비둘기가 떠오르는 겁니다.

깍듯한 예의를 차리던 시대가 바뀌었습니다. 연륜과 경험이 사라졌습니다.

등산모를 폭 뒤집어쓴 채, 혼자 벤치에 앉아있는 노인의 모습을 봅니다.

걸어오는 어린이가 예뻐도 똑바로 보지 못 하고, 젊은 친구들이 쏘아보듯 담배를 피워도 아무 말 못 합니다.

가장 존경받아야 할 부모님이 가장 외로운 곳에서 그러고 시간을 보내고 계시는 겁니다.

고향 집

세상에서 유일하게 그리워하던 고향 집이었습니다.
오죽하면 수구초심이라는 말도 있을까요.
그런데 이상합니다.
모든 게 낯설게 느껴지고, 휘이휙 바람 소리에도
저는 바보같이 놀랍니다.

아버지가 없는 집!

모든 게 멎었습니다. 그렇게 보였습니다.

마당에 풀이, 감나무가, 빈 개집이, 빈 의자 사이로 치렁치
렁 거미줄이 그랬습니다.

개가 있던 자리만 덩그러니 풀이 없습니다. 꼬리를 얼마
나 흔들어 댔을까요.

큰 빗자루로 싹싹 쓴 듯 깨끗합니다.

왜 지독한 구두쇠를 보고 '앉은자리 풀도 나지 않는다'라
는 말이 있잖아요.

개도 지독한 동물일까요? 주인에 대한 애정만큼은 그러고
도 남을 겁니다.

'개만도 못하다.'

저도 아버지가 키워주셨잖아요. 제가 아버지께 그렇게 상
냥했던가요? 아버지를 뵈면 꼬리를 흔들 듯 환장하며 대했

던가요?

속담이 어떻게 그렇게 잘 맞는지요.

지인에게 떠넘기듯 겨우 개를 보냈습니다.

막상 개를 보내려니 보낼 곳이 없었습니다.

유기견 센터에 보낼 수도 없는 노릇이었습니다.

입양하는 사람이 없으면 안락사 시킨다는 얘기를 귀동냥으로 들었던 것입니다.

시골에 계신 지인께 억지로 맡겼습니다.

마당의 잡풀도, 감나무도, 빈 개집도, 바람에 흔들리는 낡은 비닐하우스도, 텅 빈 수돗가도 을씨년스럽게만 보였습니다.

부엌은 한기로 가득 차있었습니다.

어릴 적 엄마가 계실 때 주구장창 드나들던 곳. 학교 갔다와 맨 처음 뛰어 들어가던 곳도 부엌이었습니다.

하지만 엄마가 계시지 않을 때 가장 가고 싶지 않은 곳도 부엌이었습니다.

가끔 집에서 혼자 밥을 먹을 때가 있습니다. 야근으로 늦은 퇴근이나. 일요일 아점이 그렇습니다. 집사람과 애들은 교회에 가고 저 혼자 밥을 먹습니다. 가볍게 김치 한 가지로 먹는데 그때마다 엄마가 떠오릅니다. 도시락 반찬으로 먹던 정말 담백한 엄마표 김치!

"왜 김치만 싸줘?" 투정도 부렸습니다. 소견머리가 없을 때였죠. 지금 식구가 담은 김치 맛은 엄마와 크게 다르지 않지만 마음속으론 그때 그 김치가 정말 그리워집니다.

가방 속 공책 한쪽이 주홍색으로 젖었던 그 김치가 말입니다.

따뜻했던 밥솥. 뿌연 김이 서렸던 부엌이 변했습니다.

라면 부스러기. 그을음이 묻은 밥솥. 차가운 식기. 말라붙은 김치 쪼가리.

냉장고엔 먹을 것도, 제대로 된 것도 하나도 없었습니다.

혼자서 드신 쓸쓸한 식사!

한때는 가족과 지냈던 집! 언제나 그럴 것 같았던 집! 자식들 다 출가해 나가서 살고 엄마도 계시지 않는 집.

혼자가 되신 후부터 집은 엉망이 되었습니다.

안방엔 신문지가 어지럽게 깔려있었습니다. 난방을 하지도 않고 그냥 바닥에 펼쳐놓으신 겁니다.

"보일러를 켜지 않아도 훈훈해! 신문을 깔면 냉기가 올라오지 않아."

세상에, 얼마나 두껍게 깔았던지 일어서면 천정이 머리에 닿을 정도로 안방이 낮아진 겁니다.

오죽했을 방을 보자 너무 부끄러웠습니다.

지금은 동굴 같은 웃방!

어둡고, 습하고, 온기란 전혀 없었습니다.

들어가기조차 내키지 않았습니다. 웃방은 살아생전 아버지와 어머니께서 함께 주무셨던 작은 방입니다.

어릴 적 엄마와 자고 싶어 저녁부터 응석을 부리듯 자는 척 했던 곳이었습니다.

'깨우지 마요. 얼마나 곤하면…….' 엄마가 아버지께 말하는 소리를 들으며 잠을 청했지요.

엄마 냄새가 쏙 밴 이불속! 제일 포근했던 방이었습니다.

드디어 제 방입니다. 들어설 때부터 문이 삐걱거립니다. 엄마가 계실 때 깨끗하게 정리되었던 방, 오후의 볕이 잘 들던 방이 완전히 변해 버렸습니다. 어두컴컴했고 어질러져 있습니다. 군데군데 장판이 들떠있고 한쪽 구석엔 종이박스가 녹색 테이핑 된 채 쌓여있었습니다. 서랍 속엔 제가 아끼던 보물 상자가 그대로 있을 겁니다. 지포라이터, 수정 몇 점, 선물 받았던 넥타이핀, 그리고 증조할아버지 사발시계, 대통령 시트우표 몇 장, 상평통보 한 점이 탈지면 속에서 잘 보관되어 있을 겁니다. 하지만 서랍을 열어보지도 않았습니다.

직행버스 막차 소리만 들어도 그립던 방이었습니다.

신발을 신은 채 서 있었습니다. 우중충하게 변해버린 방 천장을 보고 있으려니 현기증이 날 것만 같았습니다.

마을 앞, 논 뜰이 나지막이 내다보이던 창문도 거미집처럼 금이 가 있습니다.

그 여름날 어지간히 울어대던 논개구리, 수초 사이 흔들흔들 붕어, 미꾸라지, 송사리 떼…….

너무 늦었다는 생각이 들었고, 너무 빠르다는 생각도 들었습니다.

세상에서 유일하게 그리워하던 고향 집이었습니다. 오죽하면 수구초심이라는 말도 있을까요.

그런데 이상합니다.

모든 게 낯설게 느껴지고, 휘이휙 바람 소리에도 저는 바보같이 놀랍니다.

기
도

대답을 구할 수 없는 질문도 있는 겁니다.

모든 것을 다 알 수는 없는 일이잖아요.

어느 날부터 질문하는 사람이나 답을 얻으려 하는 사람보다.

대답을 못 하거나 침묵하는 사람이 더 이해가 되었습니다.

기도를 드립니다. 하나님께 두 손 모아 기도드립니다.

문득 어디서라도, 교회의 십자가가 보이면 사람이 있건 없건, 보건 말건, 관여치 않고 기도를 드렸습니다. 걷다가도 두 손을 모았고, 차를 운행하다가도 잠깐잠깐 십자가를 보며 마음속으로 기도했습니다.

저희 아버지, 저희 어머니, 천국에 가실 수 있도록, 천국에 계실 수 있도록, 천국에서 평안하시고, 행복하시고, 걱정 없이 잘 지내실 수 있도록 기도했습니다.

제발 하나님께서 저희 아버지, 저희 어머니 지켜주시고, 살펴주시고, 돌봐주시고, 보살펴달라고 말입니다.

기도를 드리다 보니 이젠 어느 사거리, 어느 나들목의 교회가 아예 정해질 정도입니다.

그곳에 도착하려면 미리 주위를 살피고 십자가를 목을 빼며 바라봅니다. 파란 신호등보다 오히려 주황이나 빨강불이 더 편해지는 곳입니다.

기도를 몰랐습니다.

어릴 적부터 종교가 없었습니다.

하지만 산골 촌놈에게도 크리스마스가 되면 첫눈 좋아하는 강아지처럼 들뜨기만 했습니다.

부흥회다 연합예배다. 도회지에서 예쁜 여학생들도 왔습니다.

시내에서 자가용을 타고 오는 애들은 다들 옷차림이 말끔했습니다. 솔직히 걔네들이 예쁜 것보다는 피부가 하얗고, 또 착해 보이고, 그것은 교회를 다녀서 그런 것 같기도 했습니다.

어쨌든 간에 매일매일 어울리는 까무잡잡한 동네 애들과는 달랐던 것입니다.

우리는 고집을 피우는 촌놈들처럼 교회에 들어가지도 않고, 밖에서만 눈치를 보고 그랬습니다.

피아논지 오르간 소리인지 잘 모르겠지만 찬송 노래와 캐롤을 교회 밖에서 들었습니다. 십이월 밤공기는 하나도 춥지 않았고, 바람도 조용하기만 했습니다. 십자가와 별들만 시리게 빛나던 때였습니다. 동네 몇몇 애들이 사탕이나 초코파이의 유혹에 견디지 못하고 미안한 듯 물렁하게 웃으며 교회로 들어갔습니다.

목사님은 항상 들뜬 표정으로 "애들아, 교회 오렴! 하나님께 찬송 드리자." 목쉰 소리로 말씀하셨습니다. 저는 한 번도 교회에 가 본 적이 없었습니다. 토착신앙 외할머니와 엄마를 배신하는 느낌이 들었으며, 또 친구 녀석과의 눈빛의 약속! '그래도 우리는 변하지 말자'라는 의리(?)를 지킨 것 같기도 했습니다.

입학한 대학교가 미션스쿨이었습니다. 채플은 당연히 전공필수였죠.

교회에 가면 이상하게도 특이한 냄새가 났습니다.

향수 냄새, 페인트 냄새, 원목 냄새, 카펫 냄새, 모두 아니었지만 모두 섞인 냄새 같기도 했습니다.

어쨌거나 졸업하려면 예배시간을 채워야만 했습니다.

찬송을 부르고 성경 말씀을 듣고, 믿음과 구원, 천국이라는 목사님의 설교를 들어야만 했습니다. 하지만 저에게 목사님의 설교는 와 닿지 않았습니다.

그것은 커서도 마찬가지였습니다.

친구들과 술자리에서 종종 종교에 대해 얘기할 때가 있었습니다. 저는 믿음의 결과에 대해 부정적으로 말했습니다.

모든 것을 지레짐작하던 때였습니다.

그러다가 어느 날부터 조금씩 변하게 되는 제 모습을 보게 되었습니다.

모르겠습니다.

그 마음은 톨스토이나 도스토예프스키, 멜빌의 책을 읽으면서 시작된 것 같기도 합니다.

믿음이 신실하다는 얘기가 아닙니다.

서낭당, 보름달, 정한수. 인간의 마음에서 스스로 생긴 기복적 믿음! 조상님들께 미신적 행위라고 따져 물을 수 있을까요!

심오한 경지, 깨달음의 끝, 구도(求道)와 해탈의 경지를 또 어떻게 쉽게 얘기할 수 있을까요!

믿음과 구원, 예배와 회개, 기도와 은총, 그리고 사랑의 감화!

저는 종교에 한 발짝 더 다가갔습니다.

내가 너희에게 말하노니 무엇이든지 기도하고 구하는 것은 받은 줄로 믿으라. 그리하면 너희에게 그대로 되리라.(마가복음 12장 24절)

해박한 사람들이 이상하게도 분쟁을 선도하는 것 같았습니다.

이해하지 못하는 것은 아닙니다. 모든 것을 다양하게 접근하고 다각도로 생각하는 것을 저도 긍정적으로 이해했습니다.

설령, 집단과 집단이, 개인과 개인의 의견이 서로 충돌할 때 그것이 토론이고 실마리를 찾아가는 과정이라고 생각했습니다.

하지만 종교에 대한 공방은 너무나 강력했습니다.

증명할 수 없는 결과나 명확한 설명이 아니면, 비꼬듯 이내 심드렁해 하는 것입니다.

'그렇지 뭐. 그럴 줄 알았어요. 예~. 예~.' 모든 것을 훼방하듯 불평하는 겁니다.

저는 그런 태도가 점점 좋지 않았습니다.

답이 있거나 없거나, 알지 못하거나 알 수 없거나, 심오함에 대해, 무한함에 대하여 사람들은 좀 성급할 때가 있구나.

영적인 것에 대해서, 신비로움의 결과나 기적의 데이터를 그렇게 꼭 증명해야 하나요!

대답을 구할 수 없는 질문도 있는 겁니다. 모든 것을 다 알 수는 없는 일이잖아요.

어느 날부터 질문하는 사람이나 답을 얻으려 하는 사람보다, 대답을 못 하거나 침묵하는 사람이 더 이해가 되었습니다.

보이는 것만 믿고 싶어 하는 사람들, 믿고 싶지 않은 것은 부정하는 사람들…….

글쎄요.

저에게는 '사랑합니다'라는 말도 기도가 됩니다.

한 달에 한 번 산소에 갑니다. 글쎄, 잘하는 일인지도 모르겠습니다.

동생과 저는 제수음식을 준비하고, 형이 향을 피웁니다.

연기가 꺼지지 않고 느리게 타오릅니다. 다 차려지자 향 옆으로 지장경을 놓고, 핸드폰으로 음악을 켜놓습니다.

산스크리트어! 불경(佛經)입니다. 마음이 차분해집니다.

지장경은 부처님께서 어머님을 위해 설했다는 경전입니다. 특히 지장보살은 사람이 죽은 후 악도에 가는 것을 막아주는 위신력이 있어 영가천도에 주로 지장기도를 드린다고 합니다.

종교가 있어서라기보다는 좋다는 것을 모두 다 해보고 싶은 마음에서 형이 산소에 올 때마다 챙겨서 가져옵니다. 형이 천지신명께 기도주문을 읊습니다. 아버지, 어머니, 천국

가게 해 달라는 염원을 담은 기도문입니다.

죽음은 무엇일까요! 사후엔 어디로 갈까요? 사랑하는 가족과 마지막일 때 어떤 마음일까요? 죽음, 마지막, 어디로, 알 수 없는, 불안함, 두려움, 무서움…….

이겨낼 자신감이 있나요? '끝이겠지' 담담할 수 있을까요?

어쩌다 악몽을 꿀 때가 있었습니다.

물속 같은 헛발질, 곤두박질, 허공에서만 맴돌 뿐, 몸은 제자리서 도망칠 수가 없었습니다.

그때 검은 요괴들, 흰 귀신들이 쫓아오는 겁니다. 상상 속에서도 보지 못한 정말 무시무시하고 소름 끼치는 귀신들입니다. 저를 잡으러 하늘을 날고, 땅속을 가르며 무리 지어 다가옵니다. 사방은 온통 해골과 뼈 밭입니다. 칡뿌리 같은 것들이 엉켜있고 숨을 곳이라곤 없습니다. 저는 더 이상 도망칠 수 없어 바위 뒤에 등을 바짝 붙이고 숨고 맙니다. 사박사박 소리를 내며 귀신들이 다가옵니다. 그때 느리게 움직이며 다가오는 흰 귀신 하나와 눈이 마주치고 맙니다. 흡! 저는 기급절사한 나머지 자맥질하듯 비명을 지르며 깨어납니다. 온몸은 식은땀으로 흥건합니다. 현실에선 깨어나서 다행이지만, 만약에 말입니다. 만약 이런 일이 사후에 있게 된다면 어떻게 해야 하나요?

꿈은 무엇이며, 도대체 이런 꿈은 왜 꾸는 것일까요? 보지도 못하고 듣지도 않은 그런 상황을 말입니다. 도저히 상상할 수 없는 일이, 한 번도 해보지 않은 이런 생각을 하게 합니다.

누구도 알 수 없는 길을, 다시는 돌아올 수 없는 길을, 아버지, 어머니는 떠나셨습니다.

삼 형제 모두 절을 합니다.

핸드폰의 불경 소리가 마치 약초를 태우는 연기처럼 몽실몽실 느리게 흘러나옵니다. 그 노래가 하늘을 타고 올라갈 것만 같습니다.

'고오마 고로 관세름 보로 되에마 세데요. 고오마 고로 관세름 보로 되에마 세데요.'

같은 말이 반복되는 불경이 도대체 무슨 말인지 알아들을 수 없지만, 절실함을 너머서 어떤 평안함의 경지에 이르게 하는 느낌이 들었습니다.

차마고도! 순례자의 길이 떠올랐습니다.

파란 하늘, 설산…… 푸른 쇠고기를 베어낸 것처럼 보였습니다.

얼음 강. 추운 고산지대! 바람도 쌓인 눈을 건들지 못하는 곳입니다.

하늘에 닿을 듯 높은 곳에서도 닭소리가 나고, 양 울음소리가 들렸습니다. 거기에서도 사람이 살고 있었습니다.

나마스테! '내 안에 신이 당신 안의 신에게 인사드립니다.' 서로 합장하며 인사를 합니다.

오체투지! 믿음을 갖고 186일 여정의 길을 떠나는 순례자들!

하루 11킬로미터를 오로지 두 무릎과 두 팔꿈치, 그리고 이마를 땅 위에 붙인 채 엎어지고, 넘어지며 끊임없이 오체투지로 나아갑니다. 사람이 낙타를 보듯 낙타도 그들을 봅니다. 삼시세끼 길에서 끼니를 해결하고, 잠도 오로지 노숙을 하며 조캉사원으로 걸어갑니다. 그리고 조캉사원에서 마니처를 돌리고 다시 10만 배 절을 올립니다.

믿음이 없이는 할 수 없는 일입니다.

절을 하면서 기도합니다. 자식인 제가 무엇을 할 수 있겠습니까!

기도뿐입니다.

이제 와서 할 수 있는 사랑의 다른 표현은 그것뿐입니다.

제발 하나님의 보살핌이 계시길! 하나님 제발 어머니, 아버지와 함께 하시길…….

어릴 적 용서의 고백을 구한 것처럼 진심을 다해 기도드립니다.

아버지

어느 아버지인들 팔불출 아닌 분이 있을까요!
어느 자식이 그 팔불출 아비보다 잘났을까요?

팔불출이다. 어리석은 사람을 이를 때 쓰이는 말입니다.

하지만 이 단어를 쓸 때처럼 자연스럽고 아름다운 때가
또 어디 있겠습니까!

부모의 자식에 대한 자랑. 지아비의 마누라에 대한 자랑.
자랑과 사랑은 같은 말입니다.

어느 아버지인들 팔불출 아닌 분이 있을까요!

어느 자식이 그 팔불출 아비보다 잘났을까요?

아버지는 그 존재 자체만으로도 자랑하기에 충분하겠지
만, 제게 자부심을 갖게 하는 저희 아버지의 독특한 이력은
꺼내지 않을 수 없기에, 우리 아버지, 제 아버지를 아들인 제
가 좀 더 자세히 자랑해야겠습니다.

넓은 이마, 올백머리, 180센티 훤칠한 키의 아버지는 양복
이 어울리는 신사셨습니다.

정치, 문학, 그림, 작곡…… 어느 것 하나 못하는 것 없이 다방면에 재능이 넘치셨습니다.

그 시대 동년배들과는 다른 고학력이셨고(학력이 어떤 기준은 아닙니다만), 야망이 크고, 의욕이 넘치셨으며, 결단력이 강하신 분이셨습니다.

저는 마음속으로 늘 아버지를 존경했습니다. 제가 보기에 아버지의 수많은 훌륭한 자질들…….

'판단은 결정의 순간이다! 행동하기 전에 신중하게 생각하거라! 남 얘기를 소홀히 들어서는 안 돼! 끝까지 들어야 하는 거야. 그 뒤 상황을 인식하고, 경험과 직관에 의해 실행하는 거란다!'

이를테면 제게는 부족한 판단력(어릴 적 뭘 찾아오라면 잘 못 찾던지, 엉뚱한 것을 찾아 가면 판단력이 부족하다는 소리를 들었습니다. 그때 하셨던 말씀입니다.), 꺾이지 않는 고집, 모든 면에 박력이 넘치신 분이셨습니다.

20대 최연소 국회의원 출마! 당시 아버지는 26세 약관의 나이셨습니다.

지금 말하면 군대 갔다 갓 복학했을 학생의 나이에 말입니다.

집권여당, 야당 단 두 후보만이 경쟁한 선거에서 아쉽게도 근소한 차이로 낙마하셨지만 말입니다.

장롱 속에 겹겹이 덧싸서 보관했던 선거벽보.

어머니께서 가보처럼 건사했던 벽보였습니다.

"보렴! 근사하게 생기시지 않았니?"

두루마기 입고 찍은 아버지의 얼굴은 당당했고, 야심차 보였으며 깨끗한 얼굴은 정의롭기까지 해 보였습니다. 한마디로 지성인의 얼굴이었습니다. 아버지가 아닌 한 사람의 청년으로 볼 때 저는 감히 그 청년을 범접할 수 없었을 겁니다.

엄마는 장롱 속 벽보를 볼 때마다 경탄의 눈빛으로 자랑을 늘어놓으셨습니다.

"이게 정말 아버지야?"

맞장구를 안 해도 되었지만 엄마의 흥분된 목소리에 저도 그렇게 할 수밖에 없었습니다.

마음 넓은 외할머니 성정을 고스란히 내려 받은 어머니!

"지금도 그렇지만 소싯적엔 얼마나 미남이셨다구. 귀태가 그냥…… 오토바이 소리만 나면 동네 아가씨들이 난리도 아니었단다. 그런 때가 있었단다. 그때 당선이 되셨어야 했는데 말이다."

엄마의 표정에서는 아쉬움보다는 자랑 섞인 자부심이 더 엿보였습니다.

말씀이 없으시고 자애로우신 엄마! 크고 검은 눈동자로 빛나며 하시는 말씀에 엄마는 이미 처녀 시절로 돌아간 듯해 보였습니다.

오래되어 나무 냄새가 더 짙어진 농 속에 선거 벽보와 그 당시 입으셨던 두루마기가 보관되어있음은 두말할 나위도 없었습니다.

아버지는 딱 한 번 출마하시고 모든 미련을 버리셨습니다.

어떠한 이유가 분명히 있었겠지만, 증조할아버지께서 마련한 많은 농토를 잃은 것에 대한 죄송한 마음도 없진 않으셨을 겁니다.

그 후 아버지는 바로 작가의 세계로 나섰습니다.

'창작은 희망을 만드는 일이다!' 책을 집필하는 이유였습니다.

예술가가 된다는 것은 정치가 이상으로 고달픈 일이었을 겁니다.

외국서적, 특히 『파우스트』, 『설국』, 『고요한 돈강』, 『백 년 동안의 고독』, 그런 얘기를 수도 없이 들었습니다.

윗방 책장을 가득채운 책들! 셰익스피어, 릴케, 보들레르, 발자크, 파스칼, 니체, 괴테, 횔덜린, 모파상, 헤밍웨이, 마크 트웨인, 소로우, 아버지가 좋아하신 브론테 자매들, 여러 산

문집, 명상록(특히 쇼펜하우어의 『인생론』을 좋아하셨습니다), 잠언
집, 아주 작은 시집들……. 모두 깨알같이 작은 글씨였고, 세
로로 인쇄돼 읽기조차 쉽지 않은 책들이었습니다.

그리고 아버지는 프랑스나, 독일 전쟁, 러시아 전쟁이나 1,
2차 세계대전에 관심을 두셨습니다. 특히 처칠이나, 무솔리
니, 히틀러와 스탈린, 세계를 뒤흔든 지도자에 대해서도 말
씀을 많이 하셨습니다. 물론, 보나파르트 나폴레옹도 당연
히 빠지지 않았지요.

정치를 버리셨지만 마음속으로 다 잊을 수는 없었나 봅니다.

러시아를 '로소아'라고 하시고, '닥터 지바고'를 '의사 지바고'
라고 하시며 소비에트연방(구 소련)에 관심이 많으셨습니다. 양
파 모양의 돔 형식 건축양식을 오려서 창작집 겉표지에 넣은
게 기억납니다.

공작이나 백작, 후작 같은 작위를 그 때 알게 되었고(『돈키
호테』도 그래서 재밌게 읽었던 것 같습니다), 중학교 때 듀크(Duke)
라는 영단어를 한 번에 외웠던 기억이 납니다.

출간하신 책만 해도 20여 권이 넘었습니다. 대단한 열정
그 자체였습니다.

어느 날 아버지는 청소년이 읽을 만한 세계명작소설집
100권을 사가지고 오셔서 저희 삼 형제에게 강제적으로 읽

게 하셨습니다.

'타다닥, 타다다다닥, 지이익, 챙.'

삼 형제는 매일새벽 일어나 타자기 소리에 맞추어 읽다 졸다, 졸다 읽다를 했습니다. 제가 좋아하는 『목로주점』의 '에밀졸라'를 떠오르게 하네요.

대화가 신통치 않는 시골, 어울릴 만한 사람이 없는 벽지, 가끔 읍 신부님과 어울리시며 책 얘기를 나누셨고, 하잔한 오후에는 그림과 피아노로 소일하시고, 마을 언덕이나 숲길을 구름처럼 느리게 산보하셨습니다.

이쯤에서 아버지의 러브스토리도 빠질 수 없겠지요.

시골이었지만 방앗간이 두 개나 되는 집안의 장남이며 장손이셨고, 고학력이었으며 외모 또한 출중한 청년에게 중매도 많았겠지요. 아버지의 어머니이신 할머니의 넓은 발(?)과 입심 좋은 오지랖은 그러고도 남았을 겁니다.

그런데 아버지는 일체 중매를 거절하셨습니다. 물론 거기에는 아무도 모르는 이유가 숨어 있었던 거죠. 정치 출마를 이유로 사람들을 만난다며 할머니의 권유를 단호히 거절하신 겁니다.

사실, 그때 아버지는 이미 한동네 예쁜 아가씨와 사랑에 빠져 몰래 만나고 있었던 겁니다.

증조할아버지, 증조할머니, 할아버지, 할머니, 외할아버지, 외할머니, 친구인 큰외삼촌까지 모두들 감쪽같이 속이고 말입니다.

손바닥만 한 마을에서 용케도 잘 숨기셨던 겁니다.

일제 오토바이를 타고 밖에서만 엄마와 데이트를 즐기신 겁니다. (당시엔 국내산 오토바이는 없었습니다.)

그러다 형의 임신으로 동네사람들 깜짝 놀라게 했던 비밀 데이트는 끝이 난겁니다.

종갓집 종손이신 아버지는 장인 되시는 분께 먼저 허락을 맡았습니다.

큰딸이신 어머니의 걱정을 배려하신 거지요.

역시 젠틀한 분입니다.

함양 여씨 외할아버지는 한 동네 청년을 익히 아셨던 바, 흔쾌히 허락을 하셨습니다.

물론 저희 집안에서도 형의 소식으로 허락의 차원을 넘어 만사형통의 경사로 이어졌고, 그날로 어머니는 더 이상 허리복대를 두르지 않으신 겁니다.

아버지께는 오직 엄마밖에 없었습니다.

아버지는 엄마를 사랑하셨고, 엄마는 늘 아버지를 자랑하셨습니다.

그리움이 깃든 게임

외로움은 곁에 누군가 있어 주면 채워질 수 있다고들 합니다.
하지만 그리움은 그 사람이 아니면,
그 상황이 아니면 채워질 수 없습니다.

우선 '가위바위보' 게임을 얘기해야 합니다.

겨울철 저녁을 먹고 가족 모두는 안방에서 텔레비전을 보았습니다. 그 시각 연속극이나 제공 광고에는 이상하게도 먹는 장면이나 식품 선전이 많이 나왔습니다.

동생의 잔소리가 시작되는 시간입니다.

"뭐 먹고 싶다. 출출한데 과자 사다 먹자!"

동생의 고집을 익히 아는 저희 가족은 사다리를 타는 대신 가위바위보 게임을 했습니다.

그런데 게임에서 1등은 언제나 아버지였습니다.

여럿이 한꺼번에 할 때도 그랬지만 따로따로 일대일로 해도 아버지가 이기는 것이었습니다.

동생은 꼴등을 해도 땡깡을 부리며 가지 않았고, 늘 제가 대신 갔습니다. 주머니에 두 손을 찔러 넣고 어깨를 움츠리고……. 종종걸음의 추운 날씨였지만 과자생각에 즐겁기만 했습니다.

"처음엔 먼저 주먹을 내 보거라. 대개 사람들은 무의식중에 가위를 내는 습성이 있거든. 그런 다음엔 또다시 주먹을 내고, 그래도 결정이 안 나면 그다음엔 한 번을 건너서 가위를 내거라. 다른 사람보다 한 번 앞서 생각해 보는 거야. 그럼 웬만하면 이기게 되어있단다." 믿거나 말거나 한 얘기였지만 아버지의 승률 상 충분히 그럴만한 얘기였습니다.

저희 가족은 아랫목 장미담요에 둘러앉아 웃으며 맛있게 과자를 먹었습니다.

그리고 명절 때 빼놓지 않고 하던 게임이 있었습니다.

'뽕'이라는 화투게임인데 이름이 좀 우습지만 조이는 맛이 그런대로 괜찮은 게임이었습니다. 트럼프 카드놀이처럼 숫자를 일렬로 맞추면 점수가 나는 동양판(?) 스트레이트 게임입니다.

차례를 지내고 나면 으레 달력을 뜯어 뒷장에다 열한 판 또는 스물한 판을 정해놓고 순위를 가리며 즐기던 놀이였습니다.

그 게임에서도 아버지는 늘 일등을 놓치지 않으셨습니다.

상대방에게 (독)박을 씌우는 '뽕' 치는 실력도 대단했지만, 실은 우리들 몰래 야마시(속임수)를 친 것입니다.

"어! 한 장이 더 있네. 두 장이 딸려 왔나보구나. 자, 아무거나 한 장 빼거라. 허허허."

아버지는 치는 도중 살짝 한 장을 더 가져가신 겁니다.

"어쩐지, 또 야마시야? 무효야 무효!" 동생과 엄마께서 아버지를 나무랍니다.

게임은 엉망이 되었지만 역시 웃음바다가 됩니다.

또 아버지와 우리 형제는 팔씨름을 자주했습니다.

나와 동생은 어린 나이에 아버지와 견주지 못했지만 형의 알통은 우람했습니다.

그런데 시작하자마자 아버지가 빠르게 이기고 만 것입니다.

힘을 다 쥐보지도 못한 표정의 형은 고개를 젓곤 했습니다.

"어깨를 써야 이기는 거야. 상대가 힘을 쓰기 전에 순간적인 힘으로 미는 거야. 뭐든 요령이 있단다. 요령을 알려면 경험이 필요하겠지. 알겠지!"

형에게 얘기하시던 아버지의 말씀이 떠오릅니다.

"자! 너는 팔목으로 잡아주마! 한번 해볼까?"

저도 아버지의 팔 힘을 당할 수는 없었습니다.

꿈쩍도 않은 아버지를 동생이 나서 가세합니다.

아버지는 웃으며 옆으로 넘어지십니다.

"어이쿠야, 이 녀석들······."

외로움은 곁에 누군가 있어 주면 채워질 수 있다고들 합니다.

하지만 그리움은 그 사람이 아니면, 그 상황이 아니면 채워질 수 없습니다.

아!

이런 게임을 다시 또 어떻게 해 본단 말입니까?

이런 웃음을 언제 또 들을 수 있단 말입니까?

방앗간

해가 지고 있었습니다.

석양볕이 제 얼굴에 고스란히 들어왔습니다.

그 좁은 꼭대기에 앉아 머리를 무릎 사이에 묻었습니다.

차가운 바람 속에 미지근한 바람도 섞여있었습니다.

마을이 한눈에 내려다보이는 방앗간 꼭대기!

저에게만 있던 유일한 도피처였습니다.

한 사람 딱 오를 수 있는 비좁은 사다리를 타고, 중간에 발 디딜 틈이 너무 작은 가파른 기둥을 건너서, 자칫 미끄러지기 십상인 아찔하기만 한 곳! 그곳을 오르면 방앗간 꼭대기, 망루였습니다.

나만의 비밀장소!

그곳을 알게 된 것은 중학교 때였나 봅니다. 높은 천정, 방아와 연결되어있는 커다란 체인들, 컨베이어벨트.

방앗간은 제게 공장 같은 모습으로 보였습니다.

어느 날 오후, 뽀얗게 등겨먼지가 내려앉은 방앗간에 혼자서 들어갔습니다. 방금 찧은 도정한 쌀의 고소한 냄새가 아직도 가시지 않고 있었습니다.

한쪽으로 일렬로 고정된 떡방아 기계가 보였고, 그 옆에

쌀가마니 무게를 잴 수 있는 저울이 보였습니다. 동그란 쇳덩이 추를 포개어 올리고, 끄덕끄덕 움직이면서 무게를 잡는 겁니다. 저는 체중을 재 보려고 저울에 올랐습니다. 30㎏ 하나, 10㎏ 둘, 그리고 쇠자로 된 것을 좌우로 움직였습니다. 그런데 그때 정면으로 벽에 고정된 사다리가 보였습니다. 아래에서 천정을 올려다보니 방앗간에서 제일 높은 곳이 보이는 겁니다. 저는 호기심이 발동했습니다. 위쪽 중간지점 등겨 칸으로 분리되는 곳을 지나서 우측으로 틀어 사다리를 더 올라가 보니 아카시나무 꼭대기처럼 엄청 높은 곳에 평평한 곳이 나타났습니다. 노란 등겨가루가 첫눈처럼 얇게 깔린 그곳이 그때부터 저만의 비밀둥지인 셈이었습니다.

　대입 학력고사 때 아는 문제가 별로 없었습니다.

　그도 그럴 것이 사실 저는 고등학교를 나오지 않았습니다.

　검정고시는 아버지의 영향이 컸습니다.

　어째서인지 아버지께서는 고등학교 진학보다 대학이나 대학원을 더 중요시 하셨습니다.

　"다른 사람들과 꼭 같은 길을 가야 하는 것은 아니란다. 사람에겐 그 사람만의 자격이나 품격이 있단다. 자질을 갖춰놓은 뒤 네가 하고 싶은 일을 펼치면 된단다. 1년을 열심히

파거라. (학원에 다녀라) 안 될 것도 없단다. 그리고 대학은 물론 대학원까지 가는 거다. 알겠지!"

당시 아버지께서 하신 말씀입니다.

아버지는 자기 자식이라서, 전폭적인 믿음에 대해서 과신하셨던 겁니다.

자질이건 품격이건 뭘 알아야 갖추거나 할 게 아닙니까!

길은 지름길이 가장 험했습니다.

3년을 공부한 사람과 1년을 껄떡(?)거린 친구가 시험을 보는데 결과는 보나마나였습니다.

지피지기를 이럴 때 쓰는 말인가요? 뭘 알고 준비해도 될까 말까인데, 아예 준비조차 안했으니 말입니다.

학원을 다닐 때였습니다. 친구들은 다 학교에 다녔고, 저에게는 어울릴 만한 친구가 없었습니다. 아침에 잠깐 버스에서 만나는 친구들과 곧 "잘 가."라는 헤어짐의 인사는 너무 서운하기만 했습니다. 매일 매일을 대입 재수생들과 어울리지 못하고 겉돌았습니다. 알아듣지 못하는 『성문영문법』이니, 『수학의 정석』과 씨름을 해야 했습니다. 고등학교를 마친 수강생에게도 쉽지 않은 문제를 아예 가지도 않은 친구가 풀려니 당연히 모를 수밖에요.

도심지의 하천 물처럼 막연하게 하루하루를 흘려보내던 때였습니다.

학력고사에 출제된 문제는 제가 풀 수 있는 것이 별로 없었습니다.

무얼 그렇게 긴 지문으로 꼬면서 묻는 것인지…….

스스로 나무래야 할 것을, 그보다도 먼저 출제위원 타박이 앞섰습니다.

주사위 놀음처럼 찍기를 반복하다가 이건 아니다 싶었습니다.

3번을 내리찍다가 주위를 둘러보았습니다. 모두 다 머리를 숙인 채 문제에 집중하고 있었습니다. 스스로 관조자가 되어 창밖을 보자니 저 자신이 너무 한심하고 초라하게 느껴졌습니다.

2교시가 끝나고 3교시 사이였습니다.

잠깐 쉬는 시간에 저는 갈등했습니다. '의미 없는 시험에 꼭 자리를 차지해야만 하나…….'

그때 아랫배에서 신호를 보냈습니다.

하지만 참을 수 있었습니다. 급한 것은 아니었기 때문입니다.

자포자기 심정에서도 저는 구실을 찾았습니다. 그리고 그걸 구실로 삼았던 겁니다.

사금을 캐듯 한 자 한 자 집중하는 다른 수험생들을 뒤로
하고 슬그머니 고사장을 빠져나왔습니다.

운동장은 왜 그렇게 넓을까요.

고사장 교문을 나오는데 처참한 기분이 들었습니다.

그 기분은 애써 바꾸려 해도 바뀌지 않았습니다.

일반적인 것이 옳은 길인 것 같았습니다. 객관적인 결과
처럼 말입니다.

집으로 가는 길 버스에는 노인들뿐이었습니다.

일부러 네 정거장 전에서 내렸습니다.

예전에 하굣길, 가로질러가던 숲길이 있었습니다.

슈퍼에서 소주 한 병, 새우깡 한 봉지, 담배 한 갑을 샀습
니다.

엄마가 시험 잘보고 맛있는 거 사먹으라고 주신 돈이었습
니다.

숲속 볕이 잘 드는 묘 잔등에 앉아 신세를 한탄하며 구름
을 바라봤습니다.

할 수 있는 일이 하나도 없었습니다. 스킨 냄새 나는 소주
를 마시고, 뻐끔 담배로 동그라미만 하염없이 뱉었습니다.

시험을 잘 보건, 망치건, 누구와라도 터놓고 얘기해야 되

는데 그럴 친구가 그땐 없었습니다. "어땠냐? 망쳤지 뭐. 11번 문제. 답이 뭐냐? 3번이지?" 그런 얘기를 말입니다.

스스로 서러워져 눈물이 났습니다.

그런데 술이 오르자 은근히 자신감 같은 것이 밀려들었습니다. 어느새 초라해진 마음을 차츰 흡족하게 만들어주는 겁니다.

가까스로 자신감을 회복한 저는 혼잣말로 주문처럼 얘기했습니다.

그런데 그럴 땐 이상하게도 욕이 붙어서 나오는 겁니다.

"그래, 좆까구. 뭐라도 안 되겠어?"

"쓰팔, 안 되란 법 없잖아!"

착한 마음이었지만 욕이라도 냅다 지껄여야 그나마 위안이 될 것 같았던 겁니다.

그렇게 집으로 가려니 또다시 부끄러워졌습니다. 발걸음이 떨어지지 않았습니다.

기운이 다 빠진 채 걸어서 집으로 왔습니다.

"잘 봤니?"

기쁘게 묻는 아버지께 드릴 말씀이 없었습니다.

"그냥요."

참 뻔뻔한 대답이었습니다.

엄마는 말씀 없이 따뜻한 눈으로 '그래, 수고했다.' 눈빛을 보이셨습니다.

혼자 있고 싶은데 제 방엔 형이 떡하니 버티고 있었습니다.

갈 곳은 한 군데뿐! 방앗간 꼭대기 망루입니다.

어릴 적 아버지께 혼나거나, 엄마와 입씨름을 하면 오르던 곳이었습니다.

공연히 걱정이 되거나, 후회를 불러일으키는 마음이 들 때, 숨고만 싶었던 곳입니다.

꼭대기는 아래와는 달랐습니다. 뭐랄까. 하늘 위 혼자서만 있는 느낌. 누구도 저를 찾을 수 없을 것 같았습니다. 마을이 한눈에 내려다 보였고, 먼 곳을 전망할 수 있어 좋았습니다. 특히 해질녘 석양을 볼 수 있어 좋았습니다. 불타는 주홍빛, 빨간 적자색, 저녁놀을 가만히 보고 있으면 그런 마음이 하르르 가셔지곤 했습니다.

해가 지고 있었습니다. 석양볕이 제 얼굴에 고스란히 들어왔습니다.

그 좁은 꼭대기에 앉아 머리를 무릎 사이에 묻었습니다.

차가운 바람 속에 미지근한 바람도 섞여있었습니다.

마셔보지 않은 술이라서 금방 취했고, 또 금방 깼습니다.

술이 깨자 제가 한없이 못나보였습니다. 청승맞게 있자니 방앗간 참새도 그냥 지나치지 않았습니다.

톡톡톡톡, 저를 의식하지 못한 참새는 제 옆까지 바짝 다가와 등겨를 쫍니다. 제가 움직이자 소스라치게 놀랍니다. 포로롱, 놀란 참새가 방앗간 벽에 부딪힐 뻔 날아갑니다.

한겨울인데도 춥다는 생각을 하지 못했습니다. 춥다는 생각을 할 수 있는 기분도 아니었습니다.

꼭대기에서 새의 눈으로 마을을 내려다봤습니다.

논 뜰은 황량하기 그지없었습니다. 군데군데 버짐처럼 볏짚이 논 물에 젖어있습니다. 식빵을 널어놓은 듯한 논들 끝으로 아카시 숲이 보입니다. 5월의 짙은 향기로 잠 못 들게 했던 아카시나무가 생선뼈 같은 나뭇가지만 앙상하게 뻗치고 있습니다.

못난 마음은 가시지 않았습니다.

어둑어둑해지자 어느새 엄마께서 와 계십니다.

텔레파시처럼 엄마는 저의 행동반경을 아셨습니다.

"거기에 있니? 그만 내려오렴, 저녁 먹어야지."

저는 거미처럼 소리 없이 내려왔습니다.

"괜찮다. 또 보면 되는 거지."

엄마가 어깨를 토닥여 주십니다.

"중학교 땐, 곧 잘 했잖니! 누구든 안 그러겠어? 담임선생님께 네 성적을 들을 땐 엄마가 얼마나 기뻤는지 아니!"

중학교 때 진학면담을 두고 하시는 말씀입니다.

제 자신에게 용서가 되지 않던 자괴감이 엄마의 말씀에 스르르 풀어집니다.

그렇게 입시에 참패하고 1년을 더 준비했습니다.

열심히 하려고 노력했지만 공부는 역시 호락호락 하지 않았습니다.

방앗간 위에서 다짐했던 불굴의 의지(?)도 점점 그 힘을 잃어갔습니다.

기초가 없는 의지력은 말 그대로 모래 위의 누각이었습니다.

하지만 작년처럼 허송세월을 보내지는 않았습니다. 강의는 빠지지 않았고, 모르는 문제는 창피했지만 옆 사람에게 묻기도 했습니다. 가끔 답답할 때 학원 옥상에서 하늘을 바라봤습니다. 하지만 작년처럼 하염없이 보지는 않았습니다. 곧 다시 강의실로 들어가 교재를 떠들어 봤습니다. 문제를 읽기도 전에 먼저 답부터 보고, 해설집을 본 뒤, 문제를 봤습니다. 나중엔 연필로 얼마나 그어댔는지 문제도, 답도 보이지 않을 정도였습니다.

그렇게 1년을 보내고 타 지방! 거기에선 그나마 괜찮은 대학에 들어갈 수 있었습니다.

눈치작전과 운이 통했을까요.

아버지의 과신이 간당간당 턱걸이 되는 순간이었습니다.

저보다도 아버지, 어머니의 환한 웃음을 볼 수 있어 기뻤습니다.

믿고 기다려 주는 사람, 비난보다 이해로 감싸주신 분! 어머니십니다.

딱 작년 이맘때, 그 자괴감을!

어머니의 따뜻한 위로가 그 자괴감을 떨쳐버릴 수 있게 했던 것입니다.

삶

아주 사소한 것들과 아주 소중한 것들······. 만남과 작별로
사라질 때. 우리는 어떻게 해야 합니까! 모든 것은 준비되지
않았는데 말입니다.
아름다운 시절이 지나면 그리워지는 시간만 남을 뿐입니다.

버스 앞자리에 앉아 계신 나이 드신 분의 뒷모습을 바라다봅니다.

괜히 보는 것이 아닙니다.

사람이 버스에서 생을 마감할 수 있다는 사실을 사람들은 생각하지 못합니다.

사람들은 대부분 건강하게 늙지 않고 영원히 살 것처럼 생각합니다. 하지만 세상의 삶은 사람들이 생각하는 것보다 훨씬 더 불완전하고 예측할 수 없습니다.

어린이가 자기 얼굴보다 큰 그림책을 찬찬히 보듯. 저도 천천히 사람들을 쳐다봤습니다.

대게들 핸드폰을 만지작거렸고. 몇몇 사람들은 이어폰을 꼽은 채 눈을 감고 있었습니다.

바빠 보이는 사람도, 한가롭게 보이는 사람들도 물론 있었겠지요.

누군가 인생의 마지막을 버스에서, 모르는 사람들 속에서, 마치게 된다면 이별이 너무 허무하지 않을까요!

　삶은 먹고 자고 누군가와 만나서 얘기하고 웃고 고민하고 헤어지고 또 쓸쓸해하고 그런 것들의 연속일 겁니다.

　다들 약속이 있거나 볼일이 있어서, 친구나 지인을 만나거나, 사무실로 집으로, 저마다 목적지가 있습니다. 하지만 인생의 마지막 목적지를 생각하는 사람은 없습니다.

　돈벌이, 삶, 건강, 하루하루 걱정들…… 살아가면서 조급할 때가 왜 없겠습니까!

　고민하고 갈등하고, 안달하고, 분노하고, 원망하고, 한탄하고……. 모든 것이 성급함에서 오는 걱정거립니다.

　언젠가 택시기사분과 나눴던 얘기가 떠오릅니다.

　택시를 타고 가고 있는데 갑자기 옆 차선에서 민물고기처럼 빠르게 차 한 대가 끼어드는 겁니다. 무리하게 추월을 했던 거지요. 당연히 저희 쪽에서 급제동을 했습니다. 기사분은 욕을 하진 않았습니다. 진중한 성격이었던 거죠. "왜 저렇게까지 운전을 할까요?" 제가 물으니 기사분은 빙긋이 웃으며 얘기합니다. "그건요, 빠르게 가려고 그러는 거지요." 하십니다.

저는 속으로 생각했습니다. 아무리 진중한 사람의 대답이라도 좀 싱겁다 싶었습니다.

제가 잠시 가만히 있자, 기사 분은 얘기를 마저 했습니다.

"빨리 가려고 밟는 겁니다."

"네, 그렇죠." 저는 더 싱겁게 대답했습니다.

"아니요, 그게 아니고요, 정말 빨리 가려고 한 거라니까요." 빙긋이 웃는 기사 분을 보며 저는 그제야 그 말을 이해했습니다.

이 세상을 빠르게 가려고 밟는다는 것을요.

사람들은 모두가 가는 세월을 아쉬워합니다. 또 잡을 수만 있다면 어떻게든 시간을 붙잡고 싶어 합니다. 그런데도 사람들은 착각하고 도로에서 인생의 과속을 마구 밟아댑니다. 그렇게 급하십니까! 그렇게 정말 빨리 가고 싶은 겁니까!

형 문병 갔다 온 제 친구가 얘기합니다.

"같은 병실에 교통사고 환자가 들어왔는데…… 말마, 몸 전체가 부서졌다나봐. 온몸에 붕대를 칭칭 감고, 깁스한 채 누워 신음하는데 얼마나 고통스러운지 매일매일 울어. 너무 불쌍해, 너무 안됐어. 과속으로 달리다가 그랬다나 봐. 사고 전까지 멀쩡했다는데……."

하루하루를, 매사를, 해가 뜨고 달이 뜨고 별이 반짝이고 새벽이 오듯, 감사해야겠습니다. 잘난 척 말고, 교만하지도 말며, 오만을 떨어서도 안 될 것 같습니다. 오늘이 내일이 누군가와 영영 볼 수 없을지도 모릅니다. 연락하는 순간, 만나는 순간, 헤어지는 순간, 지금이 마지막이 될 수도 있는 것입니다. 모든 게 위태위태하기만 합니다.

항상 기뻐하라. 쉬지 말고 기도하라. 범사에 감사하라. 이것이 그리스도 예수 안에서 너희를 향하신 하나님의 뜻이니라.(데살로니가전서 5장 16~18절)

손목시계에서 채컥채컥 초침이 움직입니다. 1초, 1초지만 쏜살같이 흐른 삶입니다.

영원히 함께 할 것 같았던 아버지, 어머니를 영원히 뵐 수 없습니다.

호흡처럼 소중한 1초, 1초입니다.

속절없이 가고 있는 지금 이 시간은 다시는 되돌아오지 않습니다.

가족에게 연락할 때입니다. 손을 잡고, 안아보고, 등을 두드려주며 웃어줘야 합니다.

우리는 소중한 것을 너무 모르고 삽니다. 그도 그럴 것이 언제나 연락하면 보고 연락 안 해도 보고, 일상 속에서 잊고 살아갑니다.

먹고 산다고, 돈 벌어야 된다고 둘러대며, 그렇게 성실한 척 이기적으로 살았습니다.

좀 더 잘해야겠습니다. 너그러운 마음으로 사랑을 담아 그윽하게 봐야겠습니다.

아주 사소한 것들과 아주 소중한 것들……. 만남과 작별로 사라질 때. 우리는 어떻게 해야 합니까! 모든 것은 준비되지 않았는데 말입니다.

아름다운 시절이 지나면 그리워지는 시간만 남을 뿐입니다.

연

어째서인지 어릴 적 연 날리던 언덕, 바람 부는 그날이 떠올랐습니다.
'형, 추워. 집에 가자.'
그때 동생이 했던 말을 제가 다시 해 봅니다.
"그래, 집에 가자."

동생은 의연했습니다. 아니, 그렇게 보였습니다.

조문객들의 위로에도 단 한 모금 술을 입에 대지 않은 동생이었습니다.

오신 분들을 일일이 맞이하고 상조회사 관계자들과 상의하고 처리했습니다.

생각지도 못한 일이었고, 생각도 못한 절차들도 많았습니다.

저희 집은 4대가 같이 산 종갓집입니다.

할아버지, 할머니는 둘째아들인 작은아버지 내외가 살고 계신 부산에서 같이 사셨고, 대신 손자이신 아버지와 손주 며느리인 어머니께서 증조할아버지와 증조할머니를 모시고 같이 살았습니다.

아버지, 어머니의 사랑은 물론 말할 나위도 없거니와, 증조부, 증조모의 증손자에 대한 사랑도 고스란히 받으며 자랐습니다. 밤톨처럼 올망한 손주들이 얼마나 예뻤겠습니까! 너무나도 소중한 증손자들이었고, 특히 장손자인 형을 예뻐했고, 막냇동생을 엄청 귀여워하셨습니다.

물론 둘째인 저도 어느 한쪽 치우침 없이 사랑을 받았습니다.

깅까둘이*, 응석받이, 어릴 적 동생을 생각하면 이 두 마디가 떠오릅니다.

아버지, 어머니께 늘 반말로 했고, 툭하면 짜증을 부리고⋯⋯.

"싫어, 안 해, 돈 줘, 이거 사줘!" 동생에게 뭐든 안 통하는 것은 없었습니다. 눈에 넣어도 아프지 않은 막내아들이었습니다.

증조할아버지 얘기를 먼저 좀 해야겠습니다.

"곶감 하나 줘!" 동생이 천정을 향해 손가락을 가르칩니다.

---

* 투정이 심하고 고집이 센, 말을 듣지 않는 아이를 저희 외할머니와 엄마는 '깅까둘이'라고 부르곤 하셨습니다.

볕 좋은 사랑방 마루 천정에 증조할아버지께서 동그랗게 깎은 곶감을 동동 매달아 놓았습니다.

"요놈이 맛있겠구나." 증조할아버지는 기쁜 눈으로 곶감을 살피시다 당분으로 하얗게 꽃이 핀 곶감 하나를 건넵니다.

"음, 맛있다." 동생은 얌얌거리며 새끼 양처럼 예쁘게 먹습니다.

할아버지는 그 모습을 보며 흐뭇해 웃으십니다.

"해줘! 빨리 해달란 말야! 그건 별로잖아. 다시 만들라니까! 철사로 만들면 썰매가 다른 애들보다 느리단 말야. 칼날 썰매로 만들어줘, 빨리!"

동생은 무조건 보챕니다.

증조할아버지의 한쪽 손은 손가락이 세 개나 없었습니다. 방아를 찧다가 그만 기계에 말려들어가고 말았던 것입니다. 컨베이어벨트에 납작하게 짓물려져 나달나달해진 손가락은 이미 돌이킬 수 없는 상태였습니다. 할아버지는 병원에 가시라는 아버지의 말을 듣지도 않고 광에 가서 니퍼로 똑똑 끊었다고 합니다. 비명 한마디 지르지 않은 채 말입니다. 그렇게 독하신 분이 막내한테는 한없이 약했던 겁니다.

검지, 중지, 약지, 세 마디가 날아간 손은 이가 빠진 잇몸처럼 보였습니다. 엄지와 새끼손가락으로만 연장을 잡고 멍키스패너 같은 손으로 기가 막히게 만들었습니다. 맥가이버가 따로 없었습니다. 방아를 찧으시고 힘에 부쳐 사랑방 마루에서 쉴 때면 곰방대의 담배를 태우셨습니다. 할아버지의 유일한 낙이셨죠.

"연을 만들어줘! 애들이 지금 연 놀이를 한단 말야!"

증조할아버지는 쉴 새가 없습니다.

할아버지는 손칼로 댓살을 다듬고 실로 팽팽하게 당겨 견고하게 방패연을 만들어 주셨습니다. 허풍을 좀 떨어 창도 막을 수 있는 튼실한 방패연을 말입니다.

소나무를 잘 깎아 말린 뒤, 연탄불에 송곳을 빨갛게 달궈 말린 소나무에 구멍을 내고 거기에 쇠를 넣어 연실을 돌돌 감는 연자세(얼레)를 기가 막히게 만들었습니다. 손재주가 좋으신 할아버지!

당연히 우리 연이 하늘 맨 위를 떠올랐습니다.

"이건 맛이 하나도 없잖아!"

증조할머니도 동생에겐 피해갈 수 없었습니다.

증조할머니께서 찐 고구마를 떡살처럼 얇게 썰어 응달 마루에 말려놓으신 겁니다.

젤리처럼 말랑말랑한 고구마말랭이를 먹어본 뒤 불평을 하는 동생입니다.

천방지축, 고집불통, 안하무인……. 그때 동생의 모습이었습니다.

나, 학교 안 가!

초등학교입학 때 얼마나 땡깡을 피던지 엄마는 전날부터 조바심을 내며 겨우겨우 학교까지 데리고 갔던 것입니다. 전교생이 모인 운동장에서 입학식을 거행했습니다. 아니나 다를까! 채 10분도 되지 않아 동생의 투덜거림이 시작됐습니다. "이게 뭐야? 엄마!" 심술 난 표정으로 엄마 쪽을 쳐다봅니다. "엄마, 일로 와 봐. 나 학교 싫어." 투덜거리는 동생에게 제가 소리 질렀습니다. "가만 안 있어! 선생님한테 혼나!" 저쪽에서 아버지, 어머니께서 저와 동생을 보며 웃고 계십니다.

동생이 학교 가기 전의 일입니다. 대여섯 살 됐을까요?

아버지의 선생님이신 교장선생님이 어느 날 저희 집에 오셨던 일이 기억납니다.

"고 녀석 귀엽게 생겼구나. 옛다! 과자 사 먹거라."

흰머리가 어렴풋한 노인은 별생각 없이 동생에게 동전을 쥐어줍니다.

동생은 받은 동전을 가만히 보더니 이내 마당에 던져버렸습니다.

"이게 뭐야! 과자도 못 사잖아. 주려면 좀 많이 줄 것이지."

아버지와 교장선생님은 서로 민망한 듯 가짜로 허허 하며 웃습니다.

동생이 중학교 3학년 때, 저녁이 다 돼서 동생의 담임이 저희 집에 느닷없이 방문한 적이 있었습니다.

"안녕하십니까. 아버님!" 목소리는 나긋나긋했지만 눈을 보며 인사하는 선생님은 용무가 있었던 것입니다.

"어쩐 일이십니까? 이 저녁에."

아버지가 선생님을 점잖게 맞이하셨습니다.

"저어……." 뭔가 어려운 얘기를 꺼낼 때 스스로도 모르게 내는 소리입니다.

"아드님이 일주일 채 무단으로 학교에 나오지 않고 있습니다. 아버님께서는 알고 계셨나요?"

"그렇습니까?"

아버지는 놀란 듯 대답하셨지만, 이내 차분한 목소리로 애기하셨습니다.

"저희 애가…… 몰랐습니다. 오락을 좋아해서 저녁 늦게 오는 것을 혼내긴 했지만 그런 줄은 미처 몰랐습니다. 잘 타일러서 앞으로는 학교생활 바르게 할 수 있도록 하겠습니다."

"그게…… 저야 그렇다 치지만 학생과에서 그냥 넘어가지 않을 것 같습니다. 징계나 정학을 고려하고 있는 것 같습니다. 본보기가 필요한 거죠."

잠시 침묵이 흘렀습니다.

엄마께서 차와 술을 내어 오셨습니다.

그렇게 아버지와 담임선생님과 한두 잔 술이 오갔습니다.

'참교육, 바른 훈육, 교육자의 제자사랑!'

아버지의 달변이 시작되었습니다.

'스승은 제자에게 영원히 영향을 줍니다.' 애덤스가 나왔고, '인간성의 도야, 비 간섭적 태도, 잠재력의 발현.' 교육의 아버지 페스탈로치도 나왔으며, 그리고 '구령에 발을 맞추지 못하는 사람은 다른 고수의 북소리 소리를 듣고 있다.' 데이비드 소로우의 얘기도 나왔습니다. 선생님은 그저 듣기만 할 뿐이었습니다. 할 말을 잃었던 겁니다.

선생님은 시골 산골에서 아버지 같은 분을 만나리라고는 전혀 예상치 못한 일이었을 겁니다.

114

마루에서 나누는 두 분의 대화가 방 안에서 고스란히 들렸습니다.

어느덧 술에 취한 선생님이 일어나십니다.

"아버님! 이런데서 훌륭한 분을 뵙고 갑니다. 오늘 좋은 말씀 잘 들었습니다. 언제 한번 학교에 오셔서 학생들에게 강연 좀 부탁드려도 되겠습니까?" 그때 제게 들렸던 말입니다.

술이 얼큰하신 선생님은 실수라도 할까봐 조심조심 일어나셨습니다. 물론 그 뒤 동생에게 징계 같은 일은 없었습니다.

초겨울과 이듬해, 추위가 가시기 전까지 시골아이들은 야산 언저리나 높은 둑에서 연을 날렸습니다.

저녁을 먹기 전 동생과 저는 슬그머니 나와 뒷동산으로 향했습니다.

왜 그랬나 모르지만, 그날은 동네 애들이 한 명도 없었습니다.

갈대가 흔들리며 바람이 불던 뒷동산 언덕! 바람 한 점 없는 날에도 거기에서는 바람이 일었습니다.

"형이 해 봐!"

저는 바람을 등지고 연자세에서 실을 슬슬 풀었습니다.

처음 몇 번 땅으로 뱅글뱅글 곤두박질치던 연은 어느새

바람을 타고 올라갔습니다.

바람을 온전히 받은 연은 하늘 꼭대기 끝없이 멀어져갔습니다.

잿빛하늘, 음산한 소리, 언덕 주위로 끊임없이 날카로운 바람이 불어댔습니다.

어째서인지 재미가 하나도 없었습니다. 괜히 왔나 하는 기분까지 들었습니다.

바람이 심해졌습니다. 하늘의 연도 잘 보이지 않았습니다.

그만 하려고 연자세를 감는데, 줄이 그만 툭하고 끊어지고 말았습니다.

동생한테 미안했습니다.

"괜찮아." 동생은 보채지도 화내지도 않았습니다.

지퍼를 코에까지 올린 에스키모처럼 털옷을 입은 동생이 말했습니다.

"형, 추워. 집에 가자!"

동생이 크자, 외국의 자녀들처럼 아버지와 편하게 친구처럼 대했습니다.

아버지의 활동비(용돈)가 필요하면 군말 없이 보내드리곤 했던 동생이었습니다.

아버지는 때때로 돈이 필요하면 동생에게 전화를 했습니다.

"알았어요."

한 번도 이유를 묻지 않았습니다.

아버지는 연세 드시고 보니 취미가 한 가지 더 늘었습니다. 골동품 수집입니다.

유독 오래되고, 세월의 흔적이 묻어있는 엔틱 장식품을 좋아하셨습니다.

역시 듀크(duke)의 품성을 버릴 수 없는 분이십니다.

경매나 벼룩시장, 심지어는 고물상에 가서도 이런저런 물건을 사오셨습니다.

그때마다 동생이 돈을 챙겨야 했습니다.

"이건 어떠니? 글쎄, 저게 더 좋겠구나, 아니 두 점 다 사야겠구나!"

어릴 적 아버지와 동생의 입장이 바뀐 걸까요?

"이거 사줘. 빨랑!"

형은 의젓한 사람입니다. 공부도 엄청 잘했습니다. 전교 1등, 늘 수재 소리를 달고 다닌 사람입니다. 반면 말이 없고, 융통성도 별로 없는, 전형적인 장남 모습 그대로입니다. 그래서 그런지 커가면서 좀처럼 친해지지가 않았습니다.

하지만 속마음은 그 누구보다 따뜻한 사람입니다. 아버지, 어머니 돌아가시자 형의 얼굴에서 웃음을 찾아볼 수가 없었습니다. 너무 많은 후회, 너무 많은 자책! 형을 볼 때마다 안타까운 마음이 들었습니다. 산소에서도 집에서도 제사 때 향 피우는 형의 모습을 보면 그 마음이 온전히 느껴집니다.

형이 어려운 반면에 동생과는 친했습니다. 동생은 '응'이라는 표현을 잘합니다. 참 착한 대답입니다.

제가 무슨 일을, 어떤 부탁을 해도 '노(no)'를 하지 않습니다. '응, 알았어, 형.'

가끔 삼 형제가 만나 술을 마실 때가 있습니다.

아무런 미움도 없습니다. 아무런 원망도 없었습니다. 더 위해주고 잘해야겠다는 생각밖에 없었습니다. 그런데 한두 잔이 오가고 대화가 길어지다 보면 이상하게도 말이 엇나갈 때가 생겼습니다. 형이 너그럽길 바랐는지도 모릅니다. 아니면 몰랐던 열등감이 제게 있었는지도 모릅니다. 술을 마시면 고정관념 같은 감정들을 삭이지 못하고 무심코 꺼낸 얘기 때문에 서로 간 상처 줄 때가 있었습니다.

"그게 아니라니까!" 형과의 대화는 이내 뾰족해지고 맙니다.

"그러셔?" 저는 어느새 깐족거리기까지 합니다.

위화감이 일어날 쯤 동생이 한마디 합니다.

"제발, 그만 좀 해요."

따지고 보면 할 말은 동생에게 있었을 겁니다.

20여 년 전, 아니 어머니께서 돌아가신 때부터 동생은 아버지를 모시며 살았습니다.

얘기를 꺼낸다면 할 얘기가 얼마나 많겠습니까!

"형들은 뭐 한 거야?" 내색 한번 않은 동생입니다.

집에 가서 생각하면 형한테도 너무 미안했고 동생에게도 그랬습니다.

후회는 실수를 깨닫는 과정이지만 늘 아섭고, 안타까운 마음을 들게 했습니다.

이제 아버지, 어머니의 살붙이는 우리 삼 형제뿐입니다.

'투금탄' 이야기가 떠오릅니다. 여울(강)에다 금을 던졌다는 얘기 말입니다.

고려 말, 개성 유수를 지내던 두 형제가 한강 나루터를 지나다 황금덩어리 두 개를 주었다지요.

서로 하나씩 나누어 가졌는데, 같이 가던 동생 '이조년'이 갑자기 품속에서 황금덩어리를 꺼내 한강물에 던져버렸답니다. 형 '이억년'이 놀라서 물어보니, '지금까지 형을 좋아했는데 황금덩어리를 나누어 가지자 형님이 없었으면 황금덩어리 두 개가 모두 내 것인데 하는 못된 생각이 들기에 강물에 던져 버렸다'는 것이었습니다.

동생의 말을 듣던 형이 '실은 나도 잠깐 그런 생각이 들었다'면서 형 '이억년'도 품속에서 황금덩어리를 꺼내 한 치의 망설임 없이 한강물에 던졌다고 합니다.

주운 황금덩어리도 나누어 갖고, 또 형제간 우애를 위해 황금덩어리도 강물에 버리는 판에, 열등감이나 꼬투리로 쓸데없이 깐족대기까지 하다니요! 한심합니다.

다음날 핸드폰으로 미안하다는 문자도 낯부끄럽습니다. '꽃으로도 때리지 마라'는 말이 있습니다. 더 잘해야겠다는 생각뿐입니다.

장지에서도 동생은 슬픔을 참았습니다.

상조 관계자들과 모든 일을 처리했습니다. 누군가는 해야 할 일이었습니다.

형도 슬픔이 컸겠지만 동생도 그에 못지않았을 겁니다.

자식 열 손가락 다 똑같듯, 부모도 자식에게 매 한가지 입장입니다.

하지만 동생은 의연했습니다.

오색 토양, 마사토질 흙이 좋다는 소리가 들렸습니다.

하관이 시작되면서 기도문이 읊어졌습니다.

형과 저는 소리 내어 울었지만, 반대로 동생은 참을 줄도 알았습니다. 그 속이 어땠을까요?

형이 울부짖었습니다.

"아버지- 아버지- 어버지이! 이게 어떻게 된 일이에요? 예, 아버지이!"

목이 다 쉬었습니다. 형의 쉰 목소리는 허공에 부서져 어디에도 닿지 못했습니다. 형은 첫날부터 술을 마셨습니다. 절망감을 감당할 수 없었던 겁니다. 핏기가 하나도 없는 얼굴입니다. 딱딱한 막대기처럼 굳어진 채 꼿꼿이 서 하관을 지켜봅니다. 형이 쓰러질 것 같았습니다. 보다 못한 삼촌이 거듭니다. "이 사람아, 그만 해!"

하관이 끝나자 포클레인이 빠르게 흙을 덮었습니다. 할 일을 마친 사람들이 슬슬 자리를 뜰 때, 지금까지 의연했던 동생이 참았던 눈물을 쏟아냈습니다. 똑똑똑. 함석집 처마의 빗물이 그렇게 떨어질까요. 고개를 숙인 채 하염없이 눈물을 떨구었습니다. 가슴이 너무도 아팠습니다.

어째서인지 어릴 적 연 날리던 언덕, 바람 부는 그날이 떠올랐습니다.

'형, 추워. 집에 가자.'

그때 동생이 했던 말을 제가 다시 해 봅니다.

"그래, 집에 가자."

꿈

소 등 같던 오솔길, 솔향 가득한 좁다란 고샅길,
엄마를 사랑하는 어린 노루는 폴짝폴짝 즐겁기만 했던 길입
니다.
'엄마!' 저는 멀리서부터 불러봅니다.
뜨거운 볕으로 수건 차양을 하신 엄마가 땀을 훔치며 웃어줍
니다. 엄마의 반김을 어떻게 잊을까요. 평생 잊지 못합니다.

새벽에 꿈을 꾸었습니다.

정말 안타까웠습니다.

하고 싶었던 말을, 기도로 밖에 하지 못하는 말을, 결국 또 하지 못하고 말았습니다. 마음이 급했습니다. 저는 그 말보다는 '빨리 들어오세요!'라고만 했던 것입니다.

꿈속에서도 가족 모두는 아버지께서 돌아가신 것을 알고 있었습니다.

저녁때 제가 아버지께 전화를 걸었습니다. 왜 그랬는지는 저도 모릅니다. 그런데요, 이상한 일이지요. 아버지와 통화가 된 겁니다.

저는 놀랐습니다.

저녁이 다 된 시각이었습니다.

환하게 전화를 받으시는 아버지!

저는 너무 기쁜 나머지 "아버지! 아버지께서 돌아가신 줄 알았어요. 이렇게 살아 계시니 너무 좋아요. 어서 빨리 집으로 들어오세요."

흥분된 목소리로 말했습니다.

"그랬구나, 알았다."

전화를 끊으려는 아버지께 제가 말했습니다. 아니 꼭 말해야 했습니다. 자칫 말을 하지 못하면 또 후회할 것 같았거든요. 저는 다급해졌습니다.

그런데 웬일입니까! 마음과는 달리 더 급한 말이 나오는 겁니다.

"어서 들어오세요. 엄마와 저희가 모두 기다리고 있어요." 라고 말입니다.

엄마가 돌아가신 지도 20여 년이나 지났는데 꿈속에서는 살아계셨던 겁니다.

무슨 말이 먼저가 뭐가 중요하겠습니까! 빨리 오시기만 하면 되었지요.

아버지께서는 누군가와 만나고 계시거나, 아직 할 일이 끝나지 않으신 모양입니다.

"그래, 알았다." 말씀을 하면서도 "지금 들어가마!"라는 말씀은 하지 않으시는 겁니다. 왠지 석연찮았습니다.

"빨리 오세요, 아버지!" 하다가 전화가 끊겼고 꿈을 깨고 말았습니다.

저는 너무 속상했습니다. 눈물이 볼을 타고 흘렀습니다.

아냐, 다시 자자. 저는 꿈을 이어야겠다고 생각했습니다. 다시 잠에 들려고 최대한 편하게 눈을 감고 누웠습니다.

그러나 깬 잠을 어떻게 할 수는 없었습니다. 오히려 말똥 말똥해지는 겁니다.

이럴 때가 아니야, 아버지 핸드폰으로 전화를 해볼까. 저는 벌떡 일어났습니다.

이 새벽에, 아침전화는 좀 무섭습니다. 형과 형수님이 놀라지나 않을까!

아버지의 핸드폰을 형이 보관하고 있었습니다.

아냐, 왠지 아버지께서 받으실 것만 같았습니다. 정말 그랬습니다. 가슴이 마구 뛰었습니다.

예사롭지 않은 꿈이잖아요.

잠깐 사이 별별 생각을 해보았습니다.

저는 거실로 나와 아버지 핸드폰번호를 눌렀습니다.

형과 형수님의 놀람을 생각할 겨를도 아니었습니다.

제발, 제발 아버지, 전화 받으세요, 제발……

통화버튼을 누르자 '이 전화는 당분간 착신이 금지되었습니다'라는 말이 차갑게 들렸습니다.

힘이 쪽 빠졌습니다.

꿈에서처럼 아버지와 연락이 되길 간절히 기도했습니다.

양복차림 아버지께서 웃으며 집으로 오시길 기원했습니다.

아버지! 꿈속에서 빨리 말하고 싶었던 말이 무슨 말이었는지 아세요?

사랑합니다. 고맙습니다. 이 두 마디입니다.

살아계실 때 못 했던 말입니다.

돌아가시고 얼마나 후회를 했는지, 지금은 기도할 때마다 드리는 말씀입니다.

생각 없이 리모컨을 듭니다. 어제 보던 다큐채널에서 '세상에서 가장 험한 등굣길'을 봅니다. 대게 가난한 나라, 문명의 혜택을 덜 받은 곳일수록 정이 있고, 웃음이 많았습니다. 모르는 사람과도 경계하는 눈빛이 아니었습니다.

한 아이의 엄마와 아들의 대화를 듣습니다.

여행자가 묻습니다. "아들이 크면 어떤 사람이 되었으면 좋겠어요?"

엄마가 대답합니다. "아들이 커서 대통령이 됐으면 좋겠어요."

다시 여행자가 아들에게 물어봅니다. "커서 어떤 사람이 되고 싶어요?"

아들이 웃으며 대답합니다. "저는요, 이다음 커서 선생님이 되고 싶어요. 그리고 나중에 세계여행을 다니고 싶어요. 그리고 여행을 다녀와서 엄마랑 같이 살고 싶어요."

저는 '엄마와 같이 살고 싶어요.' 하는 소년의 말에 스르르 눈물이 흘렀습니다.

참 착하고 순수합니다.

저에게도 등하굣길이 있었습니다. 저는 하굣길을 너무 좋아했습니다.

방앗간 연기 풍풍풍 도넛처럼 피어오르는 우리 집.

세상에서 제일 보고 싶은 우리 엄마! 엄마에게로 가는 길! 발걸음은 넓은 초지를 껑충 뛰는 새끼노루처럼 가볍기만 했습니다. 푸른 하늘 드넓은 들판! 저는 자유롭게 걷고 뛰었습니다.

집으로 가는 길, 험하진 않았지만 울울창창한 숲속을 가로질러가야 했습니다.

나무 사이로 쏟아져 들어오는 빛줄기, 새소리, 들꽃, 나무, 이끼, 나비, 까치집, 풋밤, 송송송 흐르는 개울가, 숲을 사랑한 어린 노루(?)에게는 그저 신비롭고 무한하기만 했습니다.

집에 도착해 '엄마' 하고 소리를 지릅니다. 엄마의 기척이 없으면 어린 저는 불안했습니다. 얼른 책가방을 마루에 던지고 엄마가 계신 산 날 망 고구마 밭으로 향합니다.

소 등 같던 오솔길, 솔향 가득한 좁다란 고샅길. 엄마를 사랑하는 어린 노루는 폴짝폴짝 즐겁기만 했던 길입니다.

'엄마!' 저는 멀리서부터 불러봅니다. 뜨거운 볕으로 수건 차양을 하신 엄마가 땀을 훔치며 웃어줍니다. 엄마의 반김을 어떻게 잊을까요. 평생 잊지 못합니다. 언제나 너그럽고 다정하신 우리 엄마. 엄마와 함께 있으면 어떤 것도 필요 없고, 평화롭고, 저는 모든 응석을 다 부릴 수가 있었습니다.

지금은 그 미소를 마음에서만 그립니다. 정겹게 뛰어가던, 엄마에게로 가던 그 길을 말입니다.

저도 엄마랑 같이 살고 싶었습니다. 어느 자식이 어릴 적 엄마보다 더 사랑하는 사람이 있겠습니까! '하나님께서 너무 바쁘셔서 엄마를 대신 보내셨다'라는 어느 목사님의 설교를 들은 적이 있습니다. 엄마는 저에게 정말 하나님이셨습니다.

아버지의 저서

제 아버지, 어머니라서 하나님께 감사드립니다.

이런 인연, 이런 사랑, 이런 고마움을 가슴속에 간직합니다.

한 번만이라도 뵙게 된다면 으스러지도록 안고 싶습니다.

그리고 동네 사람들 다 들리게 큰 소리로 '사랑합니다.'

말을 해드리고 싶습니다.

숲을 걷다가 갑자기 왈칵 눈물이 쏟아졌습니다. 40대 중반의 아저씨가 말입니다.

모자를 얹고 와서 망정이지 자칫 마주 오는 산책하시는 어르신들께 망신살 필 뻔 했습니다.

'어허이, 저 사람 왜- 저래!'

울기도 어렵습니다.

불현 듯 밀려드는 그리움! 아버지입니다. 그리고 동시에 고모와 삼촌(작은아버지, 막내삼촌)들이 떠올랐습니다. 고마우신 분들이지만 좀 서운했고, 미운 마음도 들었습니다.

사실 미운 것보다는 공연히 밀려드는 투정 비슷한 감정 때문에 그랬을 겁니다.

아버지는 솔직히 경제관념, 돈 그런 것에 관심을 두지 못하셨습니다. 때때로 고모나 삼촌들께서 도와주실 때가 있었습니다.

"돈이 나와 뭐가 나와? 오빠는 도대체 왜 글을 쓰는 거야?"

"또 책을 낸다고요? 뭐라고요, 출판비용이 얼마라고요?"

그럴 때마다 아버지는 핀잔 비슷한 소리를 들어야 했습니다.

백묵을 잡은 손이나, 기름이 찌든 손이나, 눈을 부비며 운전한 손이나 뭐가 그렇게 다르겠습니까마는 문제는 돈이겠지요!

시골 벽지에서 세계의 문학에 관심을 쏟고, 깨알 같은 글씨의 책을 스무 권이나 집필하신 아버지십니다. 농부가 손 모(벼 순)를 정성 들여 심듯, 새벽부터 일어나 온종일 손톱이 깨져라 타자를 치신 분이십니다. 비록 그림도, 작곡도 빛을 보진 못했지만 그렇다고 형제간 타박이나 원망을 들어서는 안 되잖아요!

생각하고 또 생각하고 한 자, 한 자, 문장을 만드신 아버지! 한 문장을 위해 열 번을 고민하고, 한 장을 완성하기 위해 열 장을 구겨버렸을 아버지의 고뇌를 돈으로 연관 지어서는 안 되는 겁니다.

결코, 하잔하지 않았을 아버지의 그 산보를 차마 알지 못했습니다.

사람의 인품까지 쥐락펴락하는 잔인한 티켓! 돈의 결부는 항상 사람을 우울하게 만듭니다.

그런 세세한 것까지 생각이나 아버지께 죄송하고 괜히 서러워져 눈물이 터지고 만 것입니다.

오직 내 편. 아버지, 어머니가 너무 안됐다 싶었습니다.

책요? 작곡요? 그림요? 세상에 쉬운 일이 있던가요? 가볍게라도 폄하한다면 저는 싫습니다.

아버지 책을 얘기하기 전에 가벼운 얘기를 하나 꺼내 볼게요.

언젠가 들마루 그늘이 필요해 옥천 이원에 묘목을 사러간 적이 있었습니다.

숲처럼 빼곡한 느티나무 밭에서 아름드리 그늘이 될 만한 나무 한 그루를 고르기란 쉽지 않았습니다.

"사장님(묘목주)! 괜찮은 걸로 찾아주세요."

"다 괜찮습니다."

"그래도 좀 좋은 걸로……."

저는 그나마 모양 좋은 게 있나 고만고만한 묘목들을 살펴보며 부탁했습니다.

"여러 그루의 나무를 한꺼번에 봐서 그렇지, 한 그루 한 그

134

루 마당에 따로 심으면 모든 나무가 다 괜찮은 겁니다. 보기에도 그렇구요."

묘목 사장님은 웃음 지으며 진실 된 눈빛으로 얘기했습니다.

그때 알게 됐습니다.

나무도 사람과 같구나.

콕 집어 한사람이 예쁘다고, 그가 잘생겼다고, 그 사람이 최고라고.

모든 사람들이 휩쓸리듯 주장하는 생각도 다를 수가 있겠구나.

여럿이 있으면 잘 보이지 않지만 한 사람 한 사람 자세히 보면 다 매력이 있듯이 말입니다. 해맑은 어린이들, 미끈한 청년들, 관록 있는 중년들, 주름살 깊이 페인 어르신들…….

제가 사람들 속에서 초라해지거나 작아만 질 때 수첩을 꺼내 보며 위안을 삼는 부적 같은 문구가 있습니다.

우선, 톨스토이의 『전쟁과 평화』입니다. 주인공 안드레이의 여동생 마리아의 얘깁니다.

오빠가 사랑한 약혼녀 나타샤를 약은 꼬임으로 꾀어 빼앗은 천하의 난봉꾼 아나톨리.

장교로 임관한 안드레이는 탈영을 무릅쓰고라도 아나톨리를 죽이려 합니다.

그때 여동생 마리아가 얘기합니다.

'오빠! 그를 용서하세요! 인간이 인간을 벌할 권리가 없어요.'

작가인 톨스토이의 심정을 고스란히 투영한 여동생 마리아입니다.

오빠인 안드레이가 반박합니다.

'마리아! 난 그놈을 결코 용서할 수 없어. 그리고 싶지도 않고, 또 그렇게 해서도 안 돼!'

안드레이의 분노와 복수심은 서슬이 퍼랬습니다.

'오빠! 안돼요. 피는 피를 부를 뿐이에요. 불행은 오직 신만이 내리시는 거예요. 인간에겐 아무런 죄가 없다는 걸 꼭 기억해 주세요.'

소설의 마지막 장면에 안드레이는 아나톨리를 용서하게 됩니다. 작가는 용서의 상황을 끝끝내 만들어 냅니다. 역시 바다처럼 넓은 톨스토이의 마음입니다.

또 하나, 도스토예프스키의 『카라마조프 가의 형제들』입니다.

카라마조프 가의 막내아들 알료샤가 있지요. 수도사의 길을 걷는 참 착한 사람입니다.

언뜻 헤세의 나르치스와 비슷하지만 더 온화하게 다가옵니다.

그가 늘 존경하고 따르는 조시마 장로님의 얘기입니다.

조시마 장로는 훌륭한 성직자시며 만인에게 존경을 받는 성인이셨습니다. 늘 사람들에게 사랑을 전파하지요.

그런 조시마 장로가 돌아가시고 진혼미사를 할 때입니다.

사람들은 멀리서 구름같이 모여 들었습니다. 마치 천사라도 내려올 것처럼 무엇인가 기적이 일어날 것을 믿고 특히 병든 사람들과 병든 어린이를 데리고 온 것입니다.

사람들은 기적이 일어나면 병 고치는 신의 은혜를 입으려고 이 순간을 기다리고 있었던 것입니다. 그런데 하루가 다 가기도 전에 조시마 장로의 시체는 부패하면서 냄새가 나기 시작합니다. 사람들은 실망하고 분개하여 큰 소동을 일으킵니다.

존경했던 마음이 한순간 바뀌는 겁니다.

'성자의 시체는 썩지 않을 뿐 아니라 오히려 향기가 날 텐데. 장로라는 사람이 죽은 지 하루도 안돼서 냄새를 풍기다니. 쳇! 성자인줄 알았더니 아무것도 아니잖아.'

제자인 알료샤가 참을 수 없는 것은, 바로 여기에 있습니다.

'가장 높은 곳에서 추앙받던 장로가 가장 낮은 곳에서 조롱을 받고 있구나.'

드디어 아버지 차례입니다.

아버지의 저서 『면죄부』입니다. 제목부터 쉽지 않습니다.

피해자, 가해자, 재판관 다 한 가족입니다. 기구한 운명입니다.

한때 사랑한 여인의 손을 잡아주려던 신부님, 버림받은 여인, 그런 아버지를 재판하는 아들!

새벽 종탑에서 잡아주려고 내민 손이 종지기의 눈엔 밀쳐낸 것처럼 보였던 겁니다.

종지기는 새벽종을 치려다 우연히 그 광경을 목도하게 되지요.

살려주려고 내민 손이 종지기에겐 밀쳐낸 것으로 보였던 겁니다.

신부는 동녘의 떠오르는 해를 보며 참회와 용서의 마음을 갖게 됩니다.

'대주교가 다 무슨 말인가. 한 사람도 보듬어주지 못한 사람이 만민을 사랑한다.' 신부는 고개를 저었습니다.

신부는 젊었을 한때 전장을 누비던 장군이었습니다.

그때 한 여인을 만나 우연히 사랑에 빠지게 됩니다.

마치 톨스토이의 『부활』에서 레프로도프가 카추샤를 만난 것처럼 말입니다.

그러나 장군의 사랑은 잠깐이었습니다. 곧 정신을 차리고 그 여인을 야멸차게 버립니다.

계속되는 전쟁 속에 학살과 정복이, 승전과 패전이, 명분도 사명도 사라져 버리게 했습니다.

살상자, 전쟁포로, 이재민, 겁에 질린 난민들…….

'애국심만으로 무고한 사람들이 죽어간다.'

전쟁에 환멸을 느낀 장군은 사회인으로 예편해 아무도 모르게 성직자의 길을 걷습니다. 언뜻 기드 모파상의 『올리브 나무숲』에서 목사 아버지와 비슷한 경위입니다.

세월은 흘렀고, 신부는 어느덧 신망과 명성을 얻어 대주교가 되려고 합니다.

그때 운명의 장난처럼 그 여인이 걸림돌이 되어 나타납니다.

"신망 좋아하시네. 당신은 사람도 아냐. 수많은 사람을 죽이고, 사랑을 헌신짝처럼 내쳐버리고, 당신이 신부라고? 뻔뻔하기도 하지, 이 사실을 사람들이 알면 코웃음을 치겠다."

여인은 비아냥거리며 신부를 괴롭힙니다.

"사람들에게 알릴 거야. 당신은 가장 추악한 사람이라고."

신부는 하루하루가 괴로웠습니다.

그런 분위기를 오소리 같은 종지기가 모를 리가 없었습니다.

사고가 있던 그날 새벽, 동녘의 떠오르는 붉은 빛을 보며 신부는 참회의 마음을 갖습니다.

'다 부질없는 짓이다.'

종탑에서 신부는 여인에게 속죄를 합니다.

한 여인도 안아주지 못한 자신이 얼마나 보잘것없는가를 깨닫기나 한 듯 모든것을 내려놓습니다.

하지만 여인은 받아들이지 않았습니다.

이런저런 감정 섞인 대화 속에 여인이 순간 미끄러지는 것을 신부는 살려주려고 손을 내민 것입니다.

재판관이 묻습니다.

"정말 종지기 말대로 종탑에서 밀친 겁니까?"

"아닙니다. 잡아주려고 했던 것입니다."

"죽이고 싶은 마음이 전혀 없었다고 맹세할 수 있습니까?"

"……."

신부는 침묵합니다.

"대답하세요."

재판장이 술렁거립니다.

이어진 침묵 끝에 신부는 비장하게 얘기를 꺼냅니다.

"사랑했던 여인이었습니다."

"맞-네."

근엄하던 배심원들이 서로를 둘러보며 약삭빠른 눈빛으로 맞장구를 칩니다.

정신적 간음도 운운하던 당시에는 심증만으로도 죄를 캐묻던 시대였습니다.

증인의 증언은 어쩔 도리가 없었습니다.

아들인 재판관은 오직 증인의 증언에 의해서만 판결을 합니다.

죽은 사람은 다름 아닌 재판관의 어머니입니다.

꿈에도 그리던 아버지를 아들이 심판합니다.

아들도 아버지도 끝내 눈을 감습니다.

대주교를 포기한 아버지입니다. 잘못된 증언으로 아버지까지 죽음으로 몰고 갑니다.

정의, 질서, 윤리, 모든 것이 뒤죽박죽입니다.

사람의 죄를, 누가 어떻게 진실 되게 판단할 수 있겠습니까!

'사람들은 알지 못합니다.'

알료샤가 느낀 것처럼 저도 아버지의 책에서 느끼는 대목입니다.

이 글이 아버지의 글입니다. 새벽부터 일어나셔서 십여 년을 쓰신 십여 권의 책입니다.

서로 인자하게 하며 불쌍히 여기며 서로 용서하기를 하나님이 그리스도 안에서 너희를 용서하심과 같이 하라!(에베소서 4장 32절)

나무가 우거진 숲길을 걸을 땐 마치 푸른 터널 속을 걷는 기분이 듭니다.

살랑이며 부는 바람으로 나뭇잎 새로 쏟아져 들어오는 빛줄기! 기분 좋은 눈부심입니다.

이끼 사이로 노란색 꽃이 참 예쁩니다. 숲속은 평안하고 아름답습니다.

찌르찌르지 쏘르르쪽쪽

쏘르르 쏘르르 찌르지찍찍

찌비찌비 찌비비비비

홍요요요용 호요오오홍

복국복국 복국복국

곤줄박이, 찌르레기, 직박구리, 홍관조, 뻐꾸기……. 새들의 노랫소리입니다.

  역시 숲은 참 좋습니다.

  아버지와 유영하듯 숲길을 걷고 싶습니다. 걷다가 좋은 자리가 있으면 벤치에 앉아 볕을 쬐며 두런두런 얘기를 나누고 싶습니다. 온몸에 느껴지는 따스한 기운! 숲의 공기 마시며 '오늘 하루도 참 좋았습니다.' 하면서 아버지와 느린 노래 같은 바람을 느끼고 싶었습니다. 웃기도 하고 또 작은 언쟁도 하고, 그렇게 오래 앉았다 흡족해진 마음으로 '밥이나 먹으러 가죠?' 하고 말하고 싶습니다.

  다시 코끝이 찡하니 눈앞이 흐려집니다.

  누군가 묻더군요. 부모님이 살아계신다면 꼭 해드리고 싶은 게 뭐냐고?

  다른 사람들이라면 한 박자 쉬고 얘기를 꺼낼 텐데……

  저는 한 치의 망설임도 없이 대답합니다.

  "신용카드요!"

  "왜요?" 의외의 대답처럼 저를 쳐다봅니다.

  그도 그럴 것이 다들 부모님 모시고 여행을 다닌다느니,

좋은 추억을 만든다느니, 하는 대답을 예상했던 겁니다.

저는 최고의 번화가 백화점에 모시고가 맛있는 음식과 예쁜 옷을 사드리고 싶었습니다. 아니 솔직히 말하면 몇 번만 같이 다니고 엄마 혼자서 직접 쇼핑을 다녔으면 했습니다.

반짝이는 에나멜 구두를 신고 에스컬레이터에 척척 오르시며, 이모와 올케들과 같이 쇼핑을 하셨으면 말입니다.

아버지의 오토바이 뒷자리를 독차지하신 예쁜 분께서 너무 많은 고생만 하셨잖아요.

은진 송씨 종갓집으로 시집와 손주며느리로, 아내로, 엄마로 종부의 역할에만 충실히 살아오신 엄마는 자신의 이름은 잊은 채 늙어가셨습니다.

희생과 수고의 흔적을 어찌 카드 한 장으로 위로될 리 있을까마는 그렇게 나마 꼭 해보고 싶었습니다.

"팍팍 좀 긁으세요!"

아니요, 근검절약이 밴 엄마는 그렇게 하지도 않을 분이십니다.

아버지 임플란트도 못해드린 자식이 뭔 카드냐고요?

맞아요.

하지만 제 마음이 그랬고, 하나부터 열까지 다 후회가 돼서 그렇습니다.

싸가지 없어 너무도 죄송한 말씀이지만 저는 아버지가 벽에 통칠할 정도로 오래사실 줄 알았습니다.

그럴 줄만 알았습니다.

장수시대! 100세 시대! 당연히 100세까지 사실 줄 알았습니다. 저희 집 아버지 쪽으로는 증조부, 증조모, 조부, 조모, 모두 잔병치레 없이 오래 사신 집안입니다. 죽음, 노환, 그런 것은 생각지도 못했습니다.

아버지를 모신다는 것이 쉽지만은 않겠죠.

방정맞게도 아버지와 살면서 다툴 예상도 했습니다. 지치고, 짜증도 내고, 큰소리도 치고, 한숨도 내쉬고, 또 다른 집처럼 형과 동생과 감정 섞인 말싸움도 예상했습니다.

가끔 모임에 나갈 때가 있습니다. 서로들 부모님 안부를 인사차 물어봅니다.

"좀 어떠셔?"

"요양병원으로 모셨어."

"그랬어?"

"어쩔 수 없는 노릇이야. 형과 누나들과…… 말도 마."

가정사에는 다들 뒷이야기가 숨어있었습니다.

부양과 노환의 이유는 형제간 불협화음으로 이어지는 것 같았습니다.

씁쓸한 얘기들입니다.

마지막 고아원! 저는 요양원에 보낸다는 것이 정말 싫었습니다.

이건 효도개념으로 드리는 말이 아닙니다. 극진히 잘 모신다는 얘기는 더더욱 아니고요.

그렇다고 요양원에 모신 다른 분들을 폄하하는 것은 절대 아닙니다. 오해하지 마십시오.

요양원에 모시는 것이 부모님께 불효하려고 그러는 것이 아닌, 더 좋은 의료시설, 더 좋은 간병인, 그런 연유에서 그럴 수도 있잖아요. 다른 집 자녀들이 더 효자고 효녀였습니다.

아버지와 같이 살고 싶었습니다. 아니 솔직히 같이 산다는 것보다 같이 일하면서 살아야 될 것 같았습니다.

저는 나름대로 생각을 해 두었습니다.

일단 시골에 싼 땅 천 평을 살 것, 비닐하우스를 치고, 어릴 때처럼 화조(꽃닭)도 키울 것, 아버지가 좋아하는 십자매, 잉꼬도 키울 것, 아침 닭장에서 방금 난 달걀을 꺼내 주먹에 감추고, "뭔지 아세요?" 물으며 아버지 손에 기분 좋은 온기를 전해 드릴 것, 순전히 이런 생각만 했었습니다.

또 볕 잘 드는 방을 아버지 방으로 들여 오후엔 그림이나 아코디언을 연주하시라고.

반드시 그렇게 하겠다고, 꼭 같이 살자고, 시골 가서 염소나 키우며 살자고…….

그런데 이게 뭡니까!

말다툼이고 뭐고, 그냥 가셨습니다.

벽에도 아무것도 칠하지 않으시고.

인사도 안 받고, 인사도 안 해주시고.

한마디 말도 없이 그냥요.

두 분 다 똑같이 말입니다.

이 세상에서 가장 기쁘고, 즐겁고, 소중하고, 멋있고, 예쁘고, 존경하고, 고마운 사람이 부모님입니다. 언제나 늘 힘이 되는 존재입니다.

제 아버지, 어머니라서 하나님께 감사드립니다. 이런 인연, 이런 사랑, 이런 고마움을 가슴속에 간직합니다. 한 번만이라도 뵙게 된다면 으스러지도록 안고 싶습니다. 그리고 동네 사람들 다 들리게 큰 소리로 '사랑합니다.' 말을 해드리고 싶습니다.

나의 미소! 최고의 여섯 글자! 아버지, 어머니!

좋은 기억을 소중히 간직하며 살아갈 겁니다.

아버지의 노래

그대 내 마음속에 깊은 사랑 심어놓고

언젠가 그 언젠가 그리워도 그립다고 지워지지 않는 사랑이여!

잠 못 이루는 밤에도 그대 모습 그리워합니다.

그대, 어느 곳에 있는가!

어느 곳에 어느 곳에 어느 곳에 어느 곳에 있겠지요. 어-허-허.

그대 보고 싶어요. 보고 싶어요. 보고 싶-어-요.

이별은 준비 없이 찾아옵니다.

준비된 이별은 없는 것입니다.

이별이 설사 준비 되었더라도 놓고 싶지 않은 마음을⋯⋯.
이별은 준비가 되지 않는 일입니다.

'자욕양이친부대'라고 합니다.

몰랐습니다. 기다려 주지 않음을⋯⋯.

이제 세상에는 아버지도 없고, 어머니도 없습니다. 어느
순간 우연이라도 만날 수 없습니다.

고향 집에서도, 도마동 국수집에도, 유성시장 녹두빈대떡
집에서도, 더 이상 뵐 수가 없는 일입니다.

사랑하는 가족을 영원히 만날 수 없다는 것이 얼마나 절
망적이고 참혹한 것인지 겪지 않은 사람은 알 수 없습니다.

아버지를 안아보듯 나무를 끌어안아봅니다. 그리고 하늘
높이 아버지를 불러봅니다.

아버지!

울먹이는 것이 잘하는 것 같기도 하고, 또 당연히 그래야 된다는 자연스러움의 위배가 아닌 것 같기도 했습니다.

새의 지저귐도 평화롭기보다는 외롭게 들렸고, 서있는 나무도 고달프게 느껴졌습니다.

시간이 지나면 슬픔도 그리움의 심경으로 변하게 되겠죠.

그리움은 참고 견디는 마음일 겁니다. 그래서 애타고 사무치는 마음이겠지요.

추억은 다행히도 잊혀지지 않겠지만, 삶은 해가 뜨듯 달라질 겁니다.

인생의 격랑 속에서 사람들 속에서 슬픔도 서서히 옅어지겠지요.

삶은 또 그림자를 바라보듯 뒤만 보게 하지도 않을 겁니다.

기억은 새로움과 망각으로 무디게 되겠지요.

소나무의 단단한 껍질과 바위의 묵은 이끼처럼 말입니다.

'삶의 연유가 다 그렇다……'

표현이 좀 그렇지만, 대걸레 물 적셔 밀 듯 대충 얘기합니다.

그저 가슴에 묻어둔 채 살아가겠지요.

고양이가 높은 담벼락을 사부랑삽작 훌쩍 오르듯,

쥐가 덫에 걸리지 않고 쥐구멍 속에서 두 눈을 반짝이듯,

도둑이 흐르는 물처럼 유유히 빠져나가듯,

우리는 용케 살아가겠지요.

뭐 거창하게 해가 뜨고 달이지고, 지구의 공 자전까지 들추지 않아도 되듯이 말입니다.

아무렇지도 않게 또 걱정하고 웃으며 그렇게 살아가겠지요.

♬그대 내 마음속에 깊은 사랑 심어놓고

언젠가 그 언젠가 그리워도 그립다고 지워지지 않는 사랑이여!

잠 못 이루는 밤에도 그대 모습 그리워합니다.

그대, 어느 곳에 있는가!

어느 곳에 어느 곳에 어느 곳에 어느 곳에 있겠지요. 어-허-허.

그대 보고 싶어요. 보고 싶어요. 보고 싶-어-요.♬ ♪

아버지의 어머니에 대한 그리움으로 만드신 노래입니다.

엄마에 대한 애절함이 절절하게 묻어있습니다.

몰랐습니다. 엄마를 생각하시며 만드신 노래란 걸 정말 몰랐습니다.

"어떠냐?"

양복 안주머니 악보를 꺼내 보이며 반짝이며 기쁜 눈빛으로 묻는 아버지께,

"너무 일반적이잖아요. 트로트 풍 아녜요?" 라고, 성의 없이 말했습니다.

악보를 볼 줄도, 자세히 보지도 않고, 가벼운 태도로만 처신하고 말았습니다.

제목도 몰랐습니다. 그냥 '보고 싶어요'인 줄 알았던 것입니다.

그러나 다시 보니 '내 마음의 첫사랑'이라는 제목으로 엄마를 그리며 만드신 노래였습니다.

아버지 살아생전 듣지 않던 노래를 지금에서야 매일매일 차에서 듣습니다.

자식은 청개구리입니다.

생각납니다. 고향 집에서 피아노 치시며 노래를 부르셨던 모습이.

맵시 있게 어깨를 흔드시며 마치 바람에 흔들리는 선황색 장미꽃 같은 얼굴로 이 노래를 부르셨던 모습을 말입니다.

보고 싶어요.

보고 싶어요.

아버지!

어머니!

사진

그랬구나! 아버지께서는 그때…….

부드럽고 온화한 바람이 제 몸을 훑고 지나가는 것 같았습니다.

말로 표현 못 할 환한 기운이 제 몸 안에서 퍼지는 것 같았습니다.

다시 고향 집입니다.

일요일마다 허한 마음에 저도 모르게 오고 있습니다.

지금은 쌓인 신문으로 천정이 낮아졌지만 벽 위로 어릴 적 받았던 삼 형제의 상장이 나란히 보입니다.

군데군데 노란 파리똥이 묻어있는 상장 액자에 사진 몇 장이 끼어 있습니다.

오래된 물건, 일기장, 노래······.

옛 기억을 되살리는 것 중 사진만 한 게 없었습니다.

때로 술자리에서 '그 노래를 들으면 그 시절이 생각나! 음악은 뭐랄까, 귀로 쓴 일기장이랄까!'

나름대로 멋을 부려가며 말을 한 적도 있었습니다. 하지만 추억을 생생하게 떠올려주는 것은 역시 사진이었습니다.

안방 벽시계 옆 액자에 나란히 끼어 있는 사진들.

형님네 조카 사진도 보이고, 할머니, 할아버지도 보이십니다. 언제 갖다 놓았는지 우리 큰놈 사진도 있습니다.

그런데 유독 눈길을 끄는 사진 한 장이 보입니다.

사과나무 밭에서 우리가족 모두 손잡고 찍은 사진입니다.

저는 솔직히 언제 찍었나 기억을 못합니다.

대 여살 쯤으로 보입니다. 삼 형제 모두 가장 촌스런 표정으로 찍은 사진입니다. 골덴(코르덴)바지와 알록달록 인디언처럼 옷을 입고, 형과 나는 기분이 좋았는지 웃고 있고, 동생은 부신 볕 때문인지 눈을 찡그리며 찍은 사진이었습니다.

허리춤에 두 손을 대고 웃고 있는 꼴이 자신감 넘치는 표정이었습니다.

중학교 때나 사춘기적 앨범사진을 보면 하나같이 자신감이 별로 없어보였습니다.

스냅사진 속 제 모습이 너무 초라해 저 스스로에게 미안한 마음이 들 정도였습니다.

그런데 아버지 어머니 앞에서 찍은 사진은 그렇지 않았습니다.

'우리 엄마, 우리 아빠다!'

좀 과장되게 말하면 손바닥으로 하늘도 가릴 기세였습니다.

가족 앞에서는 말하지 않아도 자신감이 생기는 것입니다.

사진   157

사과밭 속에서 아버지 어머니의 환하게 웃는 모습을 봅니다. 가족 모두 웃으며 찍었던 그 사진을 말입니다.

영원히 행복할 것 같은 표정입니다.

가족은 같이 있을 때도, 떨어져 있을 때도 영원히 가족인 것입니다.

변하지 않습니다. 변할 수 없습니다.

가장 눈부신 한때 유년 시절을 기억합니다.

그때 거기서 행복했습니다.

사과꽃 향기가 기억날 것 같습니다.

흘러가버린 시간 속에서 다시 예전으로 돌아간 것 같은 기분이 들었습니다.

사과밭 사진 속에서 웃었던 것처럼……

가만요! 또 한 장의 사진이 보입니다. 이건 좀 다른 사진입니다.

아버지와 어떤 분이 나란히 찍은 사진이었습니다.

누굴까. 기억이 날 듯 나지 않았습니다.

검은 양복의 그분은 친구 분은 아닌 것 같았습니다. 그러다 아! 하고 생각이 났습니다.

그 분은 다름 아닌 읍 신부님이셨습니다.

그러니까 그 얘기도 마저 해야겠네요.

기타를 태운 다음날일 겁니다. 언제나 즐거운 초등학교 하굣길, 친구들과 떠들며 집으로 갈 때였습니다.

성당 쪽을 지나가는데 성당마당에서 신부님이 자전거 뒤에다 뭔가를 싣고 있는 겁니다.

그런데 말입니다. 그건 다름 아닌 가죽케이스 기타였습니다.

어떻게…….

저는 움직일 수 없었습니다.

친구들을 먼저 보내고 한쪽에서 신부님을 살폈습니다.

저를 보지 못한 신부님은 천천히 성당을 빠져나가 행길 쪽으로 가고 있었습니다.

저는 무조건 따라 뛰었습니다.

읍 사거리를 두 개를 지나 신부님이 도착한 곳은 다름 아닌 그 고등학교였습니다.

'그랬구나! 아버지께서는 그때…….

부드럽고 온화한 바람이 제 몸을 훑고 지나가는 것 같았습니다.

말로 표현 못 할 환한 기운이 제 몸 안에서 퍼지는 것 같았습니다.

사진   159

저는 마당으로 나와 화단을 바라봅니다.

나무들 역시 타오르는 횃불처럼 하늘을 향해 뻗어있습니다.

유유창천 진남색 밤하늘 별들 역시 깊고도 멀었습니다.

성운, 광년, 심원, 은하…….

살아있는 성게처럼 수천, 수만 개의 밤 별들이 미세하게 움직입니다.

손짓일까요? 저마다 반짝이며 존재감을 발합니다.

거기서도 여기가 그럴까요?

아버지!

우리 집, 여기 은행나무가 보이시나요?

마루에 제가, 제가 보이시나요?

아버지, 부디 천국에서 엄마와 평안하세요.

저는 별을 보며 서 있었습니다.

한참을 그대로 있었습니다.

그대로 한참을 말입니다.

에필로그

새벽에 찬물 한 모금 마시고,
열무김치에 풋고추로 간소한 끼니를
해결하는 삶. 그런 마음에서입니다.

숲, 어린이를 사랑하는 마음으로

날이 먼저 갤까요. 새가 먼저 지저귈까요.

그럼 달이 먼저 뜰까요. 별이 먼저 뜰까요.

생각 안 해보셨다고요? 솔직히 모르시진 않았고요?

자세히 들여다보면 안 보이던 것이 보이기 시작합니다.

'시인은 선한(?) 관찰자 같다.'는 생각을 갖고 있었습니다.

사물과 자연과 사람들 속에서 이치와 조화, 섭리라는 상관
관계를 기막히게 발견합니다.

오래 들여다보면 쓸모없는 것들이 없었습니다.

이유 없는 게 없다는 말이지요. 존재의 이유는 분명히 있
었습니다.

잡초, 바위, 나무, 사람들…….

멍하니 가만히 있더라도, 지금의 상황이, 그 자체가 멜*없
는 것이 아닙니다.

---

* 전라도 방언으로 '이유'라는 말

만약, 누군가 어디에서 거대한 시인(?)같은 분이 '나'라는 존재를 오래 또, 자세히 들여다본다고 치자고요.

분명 '나'도 이치와 조화로 연결된, 심지어는 우주와의 관계까지 연결된 존재로 봐주실 겁니다. 그렇지 않을까요!

대단한 관찰력이지 않을 수 없습니다.

관조자처럼 있다거나, 펠 없이 혼자서 겉돈다거나 하는 것이 아니란 거지요.

그런 면에서 제가 숲과 자연을 좋아 하는 게 좀 관찰자처럼 보일까요?

90년대 중반 되려나요. 그때부터 르망을 몰며 출퇴근을 했습니다.

'고속도로에선 대우라니까. 착 가라앉는 게 안정적이잖아. 묵직하고 말이야.'

그런 말을 하던 때가 있었습니다.

'르망!' 어감이 왠지 제게는 담배연기를 생각나게 합니다. 야, 르망 한 대(한 개비) 줘 봐!

내뱉는 연기가 흰 구름을 연상시키는 언어 같잖아요. 저만 그럴까요? 별소리를 다합니다.

그 당시 장마 때였습니다. 르망을 몰고 출근하는데 아니나 다를까 비가 억수같이 쏟아져 내리는 겁니다. 하늘에 구멍이라도 난 것처럼 말입니다. 그러자 도로 하수구가 하천 물처럼 순식간에 범람했습니다. 차가 침수되는데 10초도 채 안 걸렸을 겁니다. 차를 포기하고 몸만 빠져나왔습니다. 장마 때니 당연히 여름이었습니다. 뜨겁게 작렬하는 태양에 차문, 트렁크까지 다 열어놓고 시트를 말렸습니다. 보름 이상 했을까요. 그래도 물이 밴 습한 냄새는 가시지 않았습니다. 그때부터 냄새를 잘 못 맡게 됐습니다. 곰팡이 냄새뿐 아니라 좀 독한 냄새도 말입니다.

전에는 휘발유나 디젤, 심지어는 소독차 냄새도 그냥저냥 맡았는데 이젠 도저히 맡을 수가 없어진 겁니다. 곰팡이 냄새를 못 맡게 되자 이상하게도 깨끗한 공기를 좋아하게 되었습니다.

자연히 숲의 공기가 좋아졌습니다. 거짓말 안보태서 숲에 가면 상쾌한 나머지 마음까지 싱그러워진다고 할까요. 정말 그랬습니다.

예전에 TV에서 일본 중년여성 분이 책 냄새, 종이 냄새를 못 맡는다고 해서 기가 막힌 적이 있었습니다. '뭐 저런 사람이 다 있어?' 그랬던 저였는데 이젠 그녀가 완전히 이해가 되는 겁니다. 겪어보지 않으면 알 수 없는 일입니다.

아침 출근길. 기분 좋게 나서는데 지하주차장에서 필요 이상 예열하는 디젤차를 보게 됩니다. 배기가스로 숨이 콱 막힙니다. 저는 숨을 참고 차에 오릅니다. 기분 좋던 마음이 한순간에 사라집니다. 또 퇴근길에는 주차장 출입구에서 담배를 태우는 사람을 보게 됩니다. 난감해 지는 순간입니다. '하필이면……' 저는 차에서 내리지 않고 그 사람이 담배를 다 태울 때까지 기다려줍니다. 환기도 안 되는 곳에서 오래도 태웁니다. 화도 났지만 방귀 뀐 놈이 되레 날 세우고 게거품 문다고, 역시 참는 도리밖에 없습니다. 제가 못난 건지, 그 사람이 당연한 건지, 마음이 참, 그렇습니다.

점점 숲속이 좋아졌습니다. 말할 나위 없이 공기 때문입니다. 숲 내음이 너무 좋은 겁니다. 도시사람 누구나 농촌 가서 '야 하~공기 참 좋다!' 하는 호들갑의 인사말이 아닌 것입니다.

숲 이야기를 해볼게요.

제가 숲을 좋아하는 이유는 크게 두 가지입니다.
첫째, 사람들과 좀 떨어져 있고 싶은 마음입니다.

얽히고설키며 살아가는 삶의 방식들.

피하고 싶었습니다.

뭐 거창하게 세상을 등진다거나 사회관심을 덜 가지려는 그런 것은 아닙니다.

사람을 의식하지 않는 곳. 마음이 편안해 지는 곳. 그런 의미에서 숲을 좋아한다는 겁니다.

'감사합니다, 사장님!', '고맙습니다, 고객님!' 셈이 들어있는 인사도 그만 하고 싶은 마음입니다. 다만 세상과 좀 결리 (缺籬)되어, 명리와는 무관하게, 최대한 게으르고, 나를 정말 나답게 할 수 있는 삶. 그런 삶을 갖고 싶은 마음이 숲과 제가 척하니 맞아떨어지는 겁니다.

품위나 체면, 남을 의식하지 않고, 공허한 말장난으로 상처받지 않고, 무례하고 냉소적인 것 따위를 더 이상 상대하고 싶지 않은 마음인 거지요.

경쟁이나 격론이 없고, 무엇보다도 내 마음대로 할 수 있다는 것. 밤도 길고 낮도 길고, 내일이 오늘 같고 오늘이 내일 같은 삶, 그거면 되는 겁니다.

뭐 귀촌이나 귀산 농장 같은 그런 개념도 아닙니다.

잔디가 잘 정돈된 남향집에서 지인과 '하하'거리며 돼지고기나 굽고, 생활한복 입고 점잔 떠는 삶이 아닌, 새벽에 찬물 한 모금 마시고, 열무김치에 풋고추로 간소한 끼니를 해결하는 삶. 그런 마음에서입니다.

두 번째 이유로는 앞서 말한 대로 마냥 숲이 좋은 겁니다. 사실 이유랄 것도 없지요.

꿩이 쫓길 때 덤불숲에 머리를 박듯, 저도 스트레스나 고민이 있을 때면 숲에다 머리를 드밉니다.

솔잎 쌓인 부엽토 길을 걸으면, 저절로 심호흡을 하게 됩니다.

나무와 대화, 하늘의 구름, 바람의 손짓, 새소리, 초록 잎, 스트레스는 어느새 사라집니다.

덤불에 앉아 산토끼, 노루, 고라니를 가만히 보며 친하게 지내기를,

이슥한 밤! 빛을 발하는 무수한 별들을 오랫동안 바라볼 것, 산새소리에 집중할 것,

낮의 신비로운 숲에서 눈을 감고 고요한 대기를 느껴 볼 것.

자연은 들어주고, 혼자 있게 해주며, 은근한 용기를 불어넣어 줍니다.

존중, 배려, 변하지 않는 것, 저는 자연의 묵묵한 위용에 늘 감동하게 됩니다.

마루에 누워 게으른 정오를 보내며, 가까이 나무를, 혹은

초목이 우거진 먼 산을, 그 위로 하늘 구름을. 그저 뭐든지 바라보고 즐기는 삶!

짐승들의 맑은 눈처럼 그저 숲을 사랑하는 마음에서입니다.

나무 위로 올라가 내려다보는 탁 트인 전망도 좋았지만, 나무 아래서 꼭대기를 보는 것도 저는 좋았습니다.

빛줄기, 초록 잎, 하늘, 구름, 바람……. 소중하지 않은 게 하나도 없습니다.

새소리에 깨어나 아침을 먹고 소나무 사이 조붓한 숲길을 산책하는 일! 하루가 즐겁게 시작되는 거지요.

숲 얘기를 하자니 문득 전에 읽었던 『금오신화』 얘기가 떠오릅니다.

김시습 『취유 부벽정기』의 한 대목입니다.

홍생(홍선비)이 부벽정에서 선녀와 만나 시를 화답하고 기쁜 나머지 본인의 속마음을 고백하지요.

"선녀님! 사람이 살아가는 세상에는 네 가지 복이 있다고 합니다. 아름다운 계절과 좋은 경치, 이를 보고 즐거워하는 마음, 거기에다 유쾌하게 노는 일. 이 네 가지를 사복이라 하는데 저는 이 복을 다 가진 것 같습니다."

영화 얘기를 해볼게요.

저는 특히 어린이가 주인공인 영화나 책을 좋아하는데요.
제가 감동받은 영화 몇 편을 소개할까 합니다.

우선 프랑스영화 '자전거 탄 소년'입니다.

엄마도 없고, 아버지에게 두 번이나 버림을 받고, 그 사실
을 믿고 싶지 않은 주인공 소년! 자식을 버리고, 자전거까지
팔아먹은 몹쓸 아버지. 그런 아버지에게 돈을 구해 주기 위
해 나쁜 일도 서슴지 않고 돈뭉치를 아버지에게 갖다 주는
착한 소년. 나무 위에서 돌을 맞고 떨어지는 소년이 말없이
흙을 털고 일어나 집으로 가는 장면. 저는 마음이 너무 아팠
습니다. 그때 음악! 자전거를 타고 보모의 집으로 갈 때 잔
잔하게 울려 퍼지는 피아노협주곡. 영화 전반에 걸쳐 음악
이 나오지 않는데 그때 무겁게 음악이 흘러나옵니다. 소년
의 마음을 대변한 걸까요? 관객에게 위로를 전달하려는 감
독의 의도는 훌륭했습니다.

마치, 영화 '아비정전'에서 만나주지 않은 엄마를 생각하며
두 주먹을 쥐고 절망적으로 걸어 나오는 '장국영'의 뒷모습.
느린 음악과 오버랩 됩니다. 두 번의 고아!

두 번째로 꼽는 영화는 일본영화 '아무도 모른다'입니다.

다시 돌아오겠다는 엄마를 기다리는 착한 아이들. 부모 없이 어린이들이 세상을 해쳐나가기란 잔인하도록 혹독했습니다. 먹을 것이 없어 유통기한이 지난 편의점 즉석식품을 얻어다 먹는 아이들! 아무것도 모른 채 기약 없이 남겨진 아이들. 눈물겨운 삶의 잔상. 어린이들의 슬픔을, 배고픔을, 외로움을 어떻게 보상해야 합니까? 웃는 아이들의 모습이 더 슬퍼 보이는 영화입니다. 무관심한 사회와 무책임한 어른들. 죽은 동생을 공항 활주로 근처에 묻습니다. 비행기를 보고 싶어 하는 막내의 소원을 들어주려고 했던 것이지요. 막내를 묻을 때 저는 울고 말았습니다.

세 번째로 중국영화 '나의 형제자매' 입니다.

'가족은 하늘에서 내리는 눈송이처럼 서로 알지 못하고 땅으로 떨어지지만 땅에 떨어지는 순간 하나가 된다.' 아버지, 어머니가 교통사고로 돌아가시자 졸지에 고아가 된 4남매. '가족은 언젠가 만나게 되어 있다!' 가난한 삶을 도저히 견디지 못하고 큰오빠만 친척집에 가게 되고, 동생들 모두는 입양을 가게 되지요. 장남은 동생들 한 명 한 명을 입양시킬 때 양부모에게 한겨울 맨땅에 절을 하며 잘 보살펴 달라며 울부짖습니다. 따뜻하고 뭉클했던 만큼 긴 여운이 남는 영화! 형제자매들은 하늘에서 내리는 눈송이처럼 어떻게든 만나게 됩니다.

전영택 단편소설 『화수분』에서 큰딸을 입양 보내고, 새벽에 일어나 소처럼 울던 가난한 셋방살이 아버지를 떠오르게 하는 영화입니다.

네 번째로 일본영화 '오싱'입니다. 제가 개인적으로 제일 좋아하는 영화입니다.

일본판 '여자의 일생!'

기 드 모파상의 『여자의 일생』에서 유달리 불행한 삶을 살아온 주인공 잔느에게 하녀동생 잘리가 말합니다.

"인생은 생각처럼 그렇게 아름답지만은 않은 것 같아요."

한 여인의 고통보다는 사람들 모두의 삶속에서 겪는 희로애락을 한마디로 대변하는 대화입니다. 어쩐지 오싱의 엄마를 보면서 폴의 엄마 잔느가 떠올려졌습니다.

엄마밖에 모르는 어린 철부지 오싱!

쌀 한 가마니로 가족과 이별하게 됩니다. 엄마와 정말 헤어지고 싶지 않았지만, 가난은 가족과 떨어지게 하기도 했습니다. 엄마가 동생을 낙태시키려고 한겨울 물에 빠지는 모습을 보고 오싱은 결심을 합니다.

오싱을 떠나보낼 때 엄마가 울면서 얘기를 하지요.

"오싱, 앞으로 혼자 해야 돼. 아무도 도와주지 않아. 하지만 정말로 힘들면 언제든 집으로 오거라. 엄마가 언제나 기다리고 있을게."

남의 집 식모로 간 오싱은 고사리 같은 여린 손으로 밥을 하고 청소를 하고 가족을 위해 하루하루를 꿋꿋이 버텨냅니다. 한겨울 손이 꽁꽁 얼어 터지도록 일을 하고 밥도 제대로 못 먹고……

"밥이 아직 많이 남았네." 늘 부족하게 먹던 오싱이 밥솥에 남은 밥을 보고 기쁘게 웃으며 하는 말입니다. 가슴이 아프면서도 오싱이 참 예뻐 보이는 장면입니다.

오싱이 힘겹게 일할 때, 엄마가 돈을 벌기위해 다른 남자들과 어울리는 모습을 보게 되지요. 순간 오싱은 엄마에게 심한 배신감 같은 것을 느낍니다. 가난한 할머니, 아버지, 동생들……

그때 주인집 큰마님(할머니)이 오싱을 보고 얘기해 줍니다.

"오싱, 엄마란 말이다. 자기를 위해서 일하는 게 아니란다. 항상 가족을 위해 일하는 거야. 자기 생각은 눈곱만큼도 안 하지. 그게 바로 엄마란다."

큰마님의 말을 들어도 오싱은 엄마가 용서가 안 됩니다.

그렇게 좋아한 할머니의 부음을 듣고도 오싱은 집으로 가는 것을 꺼려 합니다. 하지만 곧 마음을 바꾸어 집으로 뛰어가지요. 장례 때문에 집에 가족들은 없고, 오싱은 그만 깜박잠이 듭니다. 잠에서 깬 오싱은 엄마가 국을 끓이는 모습을 잔잔하게 바라봅니다.

그 웃음. 가장 좋은 미소.

카짱(하짱인지 헷갈립니다만)! 엄마를 가리키는 말입니다.
'엄마! 일하는구나.'

"엄만 맨날 일만 하는구나."

"엄마들은 다 그런 거야."

"엄마! 난 엄마 딸로 태어나서 기뻐!"

"오싱, 힘들면 여기서 살아도 돼!"

"아니, 일할 거예요."

오싱은 엄마를 보고 고개를 젓습니다.

국에서 김이 피어오르고, 고향 집 창호지 안으로 아침햇살이 들어옵니다. 모녀 사이 따스한 기운이 퍼집니다.

어느새 엄마를 이해한 오싱! 엄마랑 껴안을 때 저는 주르르 기분 좋은 눈물을 흘렸습니다.

집을 나서는 오싱이 동구 먼발치에서 고향 집을 한 번 더 바라보고 씩씩하게 길을 나서지요.

눈 덮인 설원, 한 편의 일본판 TV문학관입니다.

그리고 다섯 번째 이탈리아영화 '독일영년'입니다. 아, 이 영화를 어떻게 얘기해야 할까요.

거대한 전쟁 속 폐허가 된 베를린. 전쟁으로 인한 폐해를 고스란히 떠안은 어린 소년의 비극적 이야기. 아이의 순수함마저 짓밟는 인간의 이기심, 사회의 온갖 위선들. 12살 소년이 감당하기에는 너무 힘겨운 현실입니다. 소년의 고독, 죽음을 결심하고 침묵으로 외쳐지는 절규! 엔딩 장면에서 소년의 행동과 안톤 체호프 단편 『골짜기』의 악마 같은 여자의 행동에 저는 저도 모르게 '안 돼' 하고 비명을 지르고 말았습니다. 가장 가슴이 아팠던 영화입니다.

제게는 초등학교 때부터 친하게 지낸 고아 친구가 한 명 있습니다.

어른이 된 친구에게 고아라고 지칭하기도 어쩐지 미안한 마음이 듭니다. 하지만 달리 표현할 길이 없습니다.

녀석을 만난 것은 초등학교 5학년 때입니다. 그때 고아원 친구들이 저희 학교로 전학을 온 것이지요. 어떻게 친해 졌나 솔직히 기억은 잘 나지 않지만 어찌됐건 마음이 통했나 봅니다. 그때 친구 녀석에게 들었던 말은 지금도 기억에 남습니다.

'세상이 순둥이처럼 착하게 살기엔 무시당하기 일쑤다.'

보살핌이 절실한 곳일수록 혹독한 규율과 차가운 질서가 도사리고 있었습니다.

악어 같은 선배들!

친구는 보이지 않는 곳에서 고아원 선배들에게 늘 괴롭힘을 당한 겁니다.

사실을 모르지 않은 원장아버지는 규율을 잡는 선배들의 행동에 눈을 감아버립니다.

잔인하게 군림하는 시설에서 어린 친구는 버텨내기가 어려웠습니다. 마치 찰스 디킨스의 『올리버 트위스트』처럼요.

토요일 오후와 일요일 오후, 예배 마친 후가 제일 싫었답니다.

공포에 질려 대기 하던가, 어디론가 숨던가, 방법은 두 가지뿐이었습니다.

눈에 띄면 또 괴롭힘을 당했던 거지요.

선배들과 섞여서 하는 축구는 상상을 초월하는 경기였습

니다. 군대축구를 넘어 살인축구(?)를 방불케 했던 겁니다. 강아지처럼 공을 갖고 놀 꼬마 애들이 살기를 띤 채 죽기 살기로 뛰었던 겁니다.

경기에 진 팀은 말할 것도 없이 초죽음이 되었습니다. 기합을 받고 또 조금이라도 반항하면 기절할 때까지 때리고, 그것도 모자라 물을 붓고 또 깨워서까지 때렸답니다. 겁 많은 또래 친구들도 어느새 그들의 하수인이 되어 약한 친구를 돕지 않고, 오히려 계집애 같다느니 비아냥거렸답니다.

거기서도 그런 악마 같은 끈이 이어져 있었습니다.

'개새끼들!' 정말이지 친구의 말을 듣고 화를 넘어 분노가 치밀었습니다.

친구는 일요일 교회 예배가 끝나기 무섭게 선배들 눈을 피해 몰래 지하 보일러실에 숨었답니다.

염소나 개 한 마리 고작 들어갈 작은 틈에 끼어서 저녁이 되길 기다렸답니다. '뽀얀 연탄재를 만졌어. 너무 고운 거야. 그걸 손등에 발랐어.' 저는 그 얘기를 듣고 마음이 아팠습니다.

친구들의 시선이 좋지 않은 학교에서도 외톨이가 되었지만 오히려 좋았답니다. 하굣길, 다시 시설로 가는 게 죽도록 싫었답니다.

친구는 중학교를 졸업하고 고아원에서 도망을 쳤습니다.

고등학교까지 포기한 겁니다.

준비되지 않은 자립! 대전에서 고속버스를 타고 무작정 서울로 상경한 겁니다.

단 한 사람에게도 애정을 받지 못한 소년이 아는 사람 하나 없는 낯선 곳에 도착을 합니다.

강남터미널에 내려 비 내리는 광장을 쳐다봅니다. 사람들은 다들 어디론가 향해 바삐들 가는데, 친구는 갈 곳이 한군데도 없었습니다. 암담합니다. 광장 포장마차에서 세어 나오는 홍합국물이 마치 구름처럼 피어올랐답니다. 비 젖은 새 꼴이 된 채 들어가 소주 한 컵과 국물 한 그릇을 가득 마셨답니다.

"부모가 원망스럽지 않냐?" 언젠가 제가 물었습니다.

"왜에, 원망스럽기도 했지, 하지만 이유가 있었겠지. 만나고 싶지 않지만 만나게 되면 고맙다는 얘기를 해주고도 싶어."

더 물을 수 없는 대답입니다.

어린 나이에 안 해 본 일이 없었습니다. 자동차 세차, 중국집 배달, 식당 설거지, 막노동판 인부…….

"살면서 언제가 가장 외롭고 슬펐냐?" 녀석은 맑게 웃으며 대답합니다.

"돈 버느냐고, 살려고, 외롭고 그럴 시간도 없었어. 하루

13시간, 15시간을 일만 했어. 사실 누굴 만날 사람도 없었고." 그 말이 더 슬펐습니다.

말이 앞서서 미안한 얘기지만 저는 친구 녀석 몰래 적금이라도 들어주고 싶은 마음입니다.

세상에 하나님 말고 한 사람 정도는 자기 편이 있어야 하잖아요. 고아에게는 정말 아무도 없었습니다. 아이에게 엄마는 세상의 전부입니다. 가장 사랑 받아야 할 나이에 가장 처절하고 비참한 삶을 살았습니다.

놀이터 아이들이 놀다가 저녁이 되면, "엄마한테 혼나겠다." 하며 집으로 들어갈 때 그 말이 제일 슬펐고 가장 따뜻하게 들렸다고 합니다. 또 정말 서러웠던 언젠가는 교회의 십자가를 보고 기도를 드렸답니다. "하나님! 제가 사랑할 테니 저도 좀 사랑해 주세요." 하고요.

뭐라고요? 근본을 모른다고요? 이제 그러시면 안 됩니다.

거북이 새끼가 알에서 깨어나면 본능적으로 바닷가를 찾아갑니다. 생존을 위해서지요. 그때 모래언덕을 지나가야 하는데, 모래언덕엔 지뢰밭 보다 무서운 재갈매기들이 지키고 있습니다. 새끼 거북들은 생과 사의 갈림길에서 그 갈매기를 빠져나가야만 살 수 있습니다. 아무도 도와주는 사람 없는 고아들에게 세상은 재갈매기처럼 무섭기만 합니다.

위로나 연민의 마음을 갖지 못할망정 재갈매기들처럼 쪽
찢어진 눈으로 사납게 봐서는 안 되는 겁니다.

사랑하는 연인의 부모님을 찾아뵙고 혀를 깨물며 고아라
는 얘기를 꺼냈을 때 친구는 스스로 죄인이 되었답니다.

"고아가 죄냐?" 담배를 피우며 덤덤히 묻는 친구가 참 안
되어 보였습니다.

명절이면 갈 곳도, 만날 친구도 없었습니다.

혈연, 지연은 그렇다 치더라도 심지어는 학연까지 애매했
습니다.

스스로 독하게 굴어서 그랬는지, 고아여서 그랬는지 학교
친구들도 가까이 하지 않았습니다.

가령 이런 얘기 한번 해보죠.

만약 우리가 해외에서, 가까이 일본이나 중국, 멀게는 아르
헨티나 해변이나 그린란드 어느 빙하에서 우연히 한국 여행
자나 교포를 만났다고 가정해 보자는 거죠.

"아 유 코리안?" "정말? 어디서 오셨어요? 누구랑 오신 거
예요?"

반가움에 막 물어보게 됩니다.

거기다가 동향사람을 만났다고 칩시다. "진짜요, 충청도
대전이라고요?"

느닷없이 손까지 잡고 은인이라도 만난 듯 반가워합니다. 친인척이라도 그렇게까지 반가울까요?

낯선 상황에서 본능적인 반가움인지, 동등한 입장에서 자연스러운 애정인지…….

여하튼 뭐라 구분 짓기보다는 사람들이 그렇다는 것이지요.

같은 입장에서도 생각을 좀 해봐야 될 것 같습니다.

해외에서의 만남처럼 서로 간 인과관계만 된다면 참 따뜻해질 텐데 말입니다.

사나흘 간의 명절. 자취방에서 뒹굴뒹굴 담배를 피우다 예전의 고아원 원장아버지를 찾아갑니다.

악어 같은 선배들은 어느새 와있었습니다.

성년이 된 그들도 갈 곳이 없었습니다.

서로서로들 물렁하게 웃어봅니다.

나이가 들면 좁아지는 마음도 있었지만 쓸데없이 너그러운 마음도 생겼습니다.

두 번 가고 싶지 않은 고아원이었고, 정말 보고 싶지 않은 선배들이었습니다.

다른 사람 기쁜 마음으로 가족과 만날 때 고아원 동기들과 씁쓸하게 호프를 마셨습니다.

'더불어 산다고요? 우리가요?' 글쎄요. 잘 들어오지 않는 말입니다.

같이 태어났지만 따로 살아온 친구들입니다.

누구나 부모가 있었고 누구나 부모와 이별합니다.

가장 큰 이별을 먼저 겪었습니다.

어른인 제가 부모를 잃은 마음도 감당하지 못할 슬픔인데, 하물며 어린이(아기)들인 고아들은 이미 어릴 적부터 그 고통을 느끼며 아프게 살아온 겁니다.

어린이들의 눈물을 흘리게 해서는 안 됩니다. 외롭게 해서는 더더욱 안 됩니다.

오죽하면 시인 워즈워드는 '어린이는 어른의 아버지'라고 했을까요!

말이 나온 김에 한 가지 기억나는 일이 있습니다.

언젠가 술을 마시고 집으로 들어갈 때였습니다.

낮에 지인과 식사 중 반주를 곁들였는데 낮술이라서 그랬는지 좀 거나하게 취했나 봅니다.

아파트 단지로 걸어가는데 저녁햇살이 따사롭게 단지 화단에 비춰지고 있었습니다.

아이들이 벤치에 앉아 웃고, 화단에서 뛰놀고 있는 모습이 보였습니다. 술이 취해서 그랬을까요. 아닙니다. 해맑은 아이들의 웃음 짓는 얼굴이 마치 활짝 핀 채송화처럼 보였습니다. 저는 얼른 돌아 나와 후문 쪽 길을 택했습니다. 혹여 방해라도 될까 싶은 마음에서요.

그때에 제자들이 예수께 나아와 가로되 천국에서는 누가 크니이까. 예수께서 한 어린 아이를 불러 저희 가운데 세우시고 가라사대 진실로 너희에게 이르노니 너희가 돌이켜 어린 아이들과 같이 되지 아니하면 결단코 천국에 들어가지 못하리라. 그러므로 누구든지 이 어린 아이와 같이 자기를 낮추는 그이가 천국에서 큰 자니라. 또 누구든지 내 이름으로 이런 어린 아이 하나를 영접하면 곧 나를 영접함이니.(마태복음 18장 1~5절)

책 얘기를 해 볼게요.

집
-이시카와 다쿠보쿠

(전략)

그리고 그 마당은 넓게 하여 풀이 마음껏 자라게 해야지.

여름이라도 되면, 여름날 비, 저절로 자란 무성한 풀잎에

소리 내며 세차게 흩뿌리는 상쾌한 기분.

또 그 한구석에 커다란 나무 한 그루 심고

하얗게 칠한 나무 벤치를 그 밑에 두어야지.

비가 내리지 않는 날은 그곳에 나가

저 연기 그윽한 향 좋은 이집트산 담배를 피우면서,

사 오 일 간격으로 보내오는 마루젠의 신간

그 책 한 페이지를 접어놓고,

밥 먹으라고 부를 때까지 꾸벅꾸벅 졸기도 할 테지.

또 모든 일 하나하나에 동그란 눈을 크게 뜨고 넋 잃고 듣
는 동네 꼬마 애들을 모아 놓고는, 여러 가지 이야기를 들려
줘야지.

(후략)

'이시카와 다쿠보쿠' 이집트산 담배를 피우며 무슨 얘기
라도 동그랗게 큰 눈으로 듣는 아이들에게 재미있는 이야기
를 들려줘야지.

호밀밭의 파수꾼

-제롬 데이비드 샐린저

호밀밭에서 노는 아이들이 낭떠러지에서 떨어지지 않도록 안전하게 지켜줘야지.

'어린이는 베개에 침을 마구 흘리고 자도 우습게 느껴지지 않는 법이야.'

몰래 동생 피비의 방에 들어가 입을 벌리고 자고 있는 동생을 보며 사랑스럽게 느끼는 홀든.

죽은 동생 앨리의 묘지에 꽃다발을 놓으며 애도하는 사람들을 주인공 홀든은 싫어합니다.

'죽어서 꽃을 원하는 사람이 어디 있느냐 말이야!'

경건하고 엄숙한 공동묘지에 비가 내리면 묘지에 온 수많은 사람들은 미친 듯이 자기차가 있는 곳으로 달려갑니다. 그것이 주인공 홀든을 미치게 합니다. 사람들은 자동차 안에 들어가서 라디오를 듣거나 곧 저녁을 먹으러 근사한 장소로 향하는 것입니다. 앨리(죽은 동생)만 빼놓고 말입니다. 그것이 홀든에겐 참을 수 없는 일이었습니다.

'다른 사람들은 그 애를 모른다. 만일 알면 내말을 이해할 것이다.'

동생을 너무나 사랑한 홀든 콜필드입니다.

사회적 명성, 속물들의 물욕, 추잡한 낙서…….

허위로 물든 사회를 분노한 주인공 홀든.

결국 학교에서 퇴학당하고 부모에게 이 사실을 알리지 못한 채 서부로의 도피를 결정합니다.

하지만 도피직전 여동생 피비의 순진무구함 덕분에 결국 마음을 열고 현실에 존재하는 모든 것을 아름답게 보기 시작합니다.

로버트 번스의 시 『호밀밭을 걸어오는 누군가를 만나면』

어린이들이 부르는 '호빌밭의 노래'를 듣고, 동생 피비가 "오빠가 좋아하는 게 도대체 뭐냐고?" 물을 때 무심코 대답합니다.

"내가 되고 싶은 것은 그러니까, 어쨌거나 나는 넓은 호밀밭 같은데서 조그만 어린이들이 어떤 놀이를 하고 있는 것을 항상 눈앞에 그려본단 말야. 몇 천 명의 아이들이 있을 뿐 주위에 어른이라곤 나밖에 아무도 없어. 나는 아득한 낭떠러지 옆에 서 있는 거야. 내가 하는 일은 누구든지 낭떠러지에서 떨어질 것 같으면 얼른 가서 붙잡아 주는 거지. 애들이란 달릴 때는 저희가 어디로 달리고 있는지 모르잖아. 그럴 때 내가 어딘가에서 나타나 그 애를 붙잡아야 하는 거야. 하루 종일 그 일만 하면 돼. 이를 테면 호밀밭의 파수꾼이 되는 거야."

어린이들을 아끼고 동생들을 사랑하는 주인공 홀든 콜필드!

다짐하듯 독백처럼 하는 말이 저에게는 하나님의 말씀처럼 들립니다.

내 영혼이 따뜻했던 날들
-포리스트 카터

아버지, 어머니를 잃은 주인공 소년이 할아버지 다리를 부여잡고 놓지 않습니다.

양육을 위해 모인 인척들은 소년의 손을 떼어놓으려고 합니다.

"내버려 두거라!" 할아버지가 모인 가족들에게 얘기합니다.

주인공 '작은 나무'(어린 손자)는 인디언 체로키족 할아버지 할머니를 쫓아 숲속으로 들어갑니다. 숲에 살면서 세상의 이치와 삶의 지혜를 배우게 됩니다. 자연과 교감하고 가진 것을 나누는 일, 숲을 아끼고 사랑하는 마음이 고스란히 담겨있는 아름다운 책입니다.

'체로키들은 아이가 스스로 깨우치고 결정하도록 놓아둔다.'

개울에서 물을 튀기며 다니는 바람에 옷이 젖었지만 할머니는 거기에 대해서는 한마디도 하지 않으십니다.

'체로키는 아이들이 숲에서 한일을 가지고 꾸짖는 법이 절대 없단다.'

할머니가 손자 '작은 나무'에게 해주는 말입니다.

숲을 좋아하는 제가 참 좋아하는 책입니다.

릴리에게, 할아버지가
-앨런 맥팔레인

영국 옥스퍼드 대학교에서 역사학을, 현재 캠브리지 대학교에서 역사인류학, 문화인류학 교수로 있는 앨런 맥팔레인이 손녀인 릴리에게 보내는 편지형식의 책입니다.

　뛰어난 재능을 갖고 있으면서도 어리석은 생각을 하고, 협력하지만 이기적인 게 바로 인간이란다. 한편, 놀라운 기술을 바탕으로 거대한 부를 창출해냈으면서도 많은 사람들이 처참할 정도로 가난하게 살고 있지. 평화를 사랑하면서도 끊임없이 서로를 죽이고, 평등하기를 원하면서도 끊임없이 불평등을 만들어낸다.

　관용과 이해를 주장하면서도 자신의 신념을 지키기 위해 다른 사람에게 고통을 주기도 하지.

　자연적이며 보편적이라고 생각할지 모른다. 편견은 오해에서 비롯된다는 사실을 깨달을 수 있단다.

　우리는 쉽게 냉소주의자가 될 수 있다. 세상에 진리란 없으며, 공정함이란 허구에 불과하고, 현실은 존재하지 않고 관찰은 모두 철저하게 편파적이며 모든 이론은 정치적 편견에 사로잡혀 있다고 생각할 수 있다는 말이다.

　릴리야! 너는 대단히 특별하고 놀라우며 독보적인 존재다. 지금까지 지구상에 단 한 번도 너와 같은 사람은 존재하지 않았고, 앞으로도 존재하지 않을 거란다.

　야만적인 행동과 편견 뒤에 숨어있는 무지의 가면을 벗겨

낼 수 있을 테지.

세상의 많은 것들이 변화시킬 수 없는 '자연적인 것'이 아니라 인간이 상상하고 창조해낸 '문화적인 것'이라는 사실을 깨달으면 세상을 더 잘 이해할 수 있고, 나아가 세상을 변화시킬 수도 있단다.

시인 존 키츠는 '어떤 일도 실제로 경험하기 전까지는 결코 현실이 되지 않는다'라고 했단다.

어떤 편견에도 휘둘리지 않고 당당하게 너의 길을 걸어갈 수 있을 테니…….

지금보다 더 늙거나 죽은 후에라도 우리는 이 책을 통해서 대화를 나눌 수 있을 거란다.

나는 네가 어떤 인생을 살든 너를 응원할 것이다. 그러니 아무것도 두려워하지 말고 네 날개를 마음껏 펼치렴. 두려워 할 것은 두려움 그 자체뿐이란다. 릴리야, 사랑한다.

할아버지가 손녀에게 보내는 사랑의 마음이 고스란히 담겨있는 편지. 도저히 인용하지 않고는 못 배기는 사랑스러운 편지입니다.

어린것들에게

-아리시마 다케오

병원을 퇴원하기로 한날 집에 와보니 어느새 너희들은 어머니 둘레에 모여 앉아 즐겁게 웃고 있었다. 나는 그 모습을 보며 눈물을 흘렸다. 이미 우리들은 서로 떨어지지 못하는 사이가 되어있었다. 너의 어머니의 진정한 생각은 너희들과 한시도 떨어져 있고 싶지 않다는 데에 있었다.

하지만 모든 것을 포기한 죽음 직전에는 그토록 보고 싶은 너희들을 만나지 않겠다는 결심을 바꾸지 않았다. 그것은 너희들에게 병균을 옮기게 될 것이 두려워서가 아니었다. 또한 너희들을 보며 자신의 가슴이 터져버릴까 두려워해서도 아니었다. 너희들의 맑은 마음에 죽음의 잔혹한 모습을 보여 너희들의 삶이 더욱 어두워지게 될 것을 두려워했다. 너희들의 자라나는 영혼에 조금이라도 상처를 남기게 될 것을 두려워하셨다.

"자식을 사랑하는 어미의 마음은 태양이 드넓은 천지를 비추는 것만큼이나 크다."

어머니는 이렇게 읊기도 하셨다.

너희들과 나는 피맛을 본 짐승처럼 사랑을 맛보았다. 나아가자. 그리고 우리들의 주위를 적막 속에서 구하기 위해 우리 힘닿는 데까지 일해보자. 나는 너희들을 사랑했다. 그리고 영원히 사랑한다. 이것은 어버이로서 너희들에게 보답을 바라며 하는 말이 아니다. 다만 사랑이라는 걸 내게 가르쳐준 너희들이 나의 감사하는 마음을 받아들여 줄 것을 바라고 있는 것이다.

　너희들이 성장했을 때에 나는 죽어 있을지도 모른다. 노쇠하여 아무짝에도 쓸모없는 인간이 되어있을지 모른다. 그러나 어느 경우이든 너희가 구해야 할 사람은 내가 아니다. 이미 사양길을 걷고 있는 나 같은 사람 때문에 너희들의 생기발랄한 힘이 머뭇거려서는 안 된다. 죽은 어버이를 뜯어먹고 힘을 저장하는 사자 새끼들처럼 용기 있게 나를 떨쳐 버리고 인생의 길을 헤쳐 나가길 간절히 바란다.

　잘 자거라. 신비로운 시간에 너희들을 완전히 맡기고 잘 자거라. 그리고 어제보다 더 성장하고 영리해진 모습으로 자리에서 일어나 내게 오너라. 나의 삶이 실제로 끝날지라도, 혹은 내가 어떤 유혹에 넘어가 패배할지라도, 너희들이 나의 자취에서 그 어떤 불순한 것도 찾을 수 없도록 나는 나의 일을 해낼 것이다. 반드시 하고 만다. 너희들은 내가 쓰러진 자리에서 새로 걸어가야 할 것이다.

어린것들아! 불행하고(엄마 잃은) 동시에 행복한(아버지와 함께한) 너희들은 아버지와 어머니의 축복을 가슴 깊이 간직하고 인생의 여로에 오르도록 하여라. 앞길은 멀다. 그러나 두려워해서는 안 된다.

두려워하지 않는 사람 앞에 길은 열리게 되어있다.

가거라. 용감하게! 어린것들아!

엄마 잃은 어린 자녀들에 대한 아버지의 애틋함, 미안함, 사랑, 그리고 세상을 살아가는 삶의 당부가 온전히 들어있는 참 따스한 글입니다.

양떼지기

-페르난도 페소아

나는 한 번도 양떼를 친 적이 없다.
그러나 그리 했던 것과 다를 바가 없으리.

(중략)

나는 나를 읽을 모든 이들에게

내 커다란 모자를 벗어 인사한다.

언덕 능선 위로 역마차가 모습을 드러내는 때에 맞추어

내 집 문간 위로 내가 나오는 걸 그들이 볼 때.

나는 인사하며 글들에게 햇볕이 비추어주기를 빈다.

필요하다면 비가 내리기를.

그리고 그들의 집, 열린 창의 구석에

특별히 좋아하는 의자 하나를 가지고 있어서

앉은 채로 내 시를 읽을 수 있기를.

또한 내 시를 읽다가 그들이

내가 자연물이라고 생각할 수 있기를.

이를테면, 오래된 나무와도 같아서

놀기에 지친 아이들이 폴록! 그 그늘 아래 뛰어들어

빗살무늬 앞치마의 소매로

그들의 불타는 이마의 땀을 훔칠 수 있기를.

'페르난도 페소아' 놀기에 지친 아이들이 폴록! 그 그늘 아래 들어와 쉴 수 있기를……

예언자
-칼릴 지브란

당신의 자녀들은 당신의 것이 아닙니다.
아이들은 생명의 신이 스스로의 갈망으로 창조한 그분의
아들들과 딸들입니다.
아이들은 그대를 통하여 왔지만 그대에게서 온 것은 아닙
니다.

아이들에게 사랑을 주되 생각까지 주려하지 마십시오.
아이들은 자신만의 생각들을 가졌기 때문입니다.

당신은 아이들에게 육신의 집을 지어줄 수 있으나
영혼의 집까지 지어 주려고 하지 마십시오.
아이들의 영혼은 내일의 집에 살고 있습니다.
당신은 꿈속에서 조차 찾아갈 수 없는 내일의 집에.

당신이 아이들처럼 되려고 노력하는 것은 좋으나
아이들을 당신처럼 만들려고 애써서는 안 됩니다.

예언자-자녀들에 대해서

또 아비들아, 너희 자녀를 노엽게 하지 말고 오직 주의 교양과 훈계로 양육하라. (예배소서 6장 4절)

별과 하늘 자연을 사랑한 시인들!

도데, 윤동주, 이백, 매월당, 생텍쥐페리, 예이츠, 노천명, 오스카 와일드, 알프레드 드비니, 포우, 도연명, 랭보, 페소아…… 모두를 거론할 수는 없겠죠. 제가 사랑하는 시인들입니다.

그중에서도 알프레드 드 비니의 『늑대의 죽음』이라는 시 한 편을 소개할까 합니다.

아비늑대의 이글거리는 눈빛만큼이나 제게 강렬하게 꽂힌 시입니다.

늑대의 죽음
-알프레드 드 비니

구름은 불길 위를 날아가는 연기처럼 붉은 달 위를 달리고, 숲은 땅 끝까지 이어져 있었다.

우리들은 묵묵히 젖은 풀숲을 밟으며 총총한 잡목, 키 큰 가시나무 속을 걸어가고 있을 때, 문득 '랑드' 지방의 솔 비슷한 전나무 숲 아래 우리들이 쫓던 그 떠돌이 늑대들이 남긴 큰 발톱 자국들을 보았다.

우리는 귀를 기울였다. 숨도 삼키고 발걸음도 멈춘 채, 숲도 들도 숨소리 하나 공중에 내지 않았다. 단지 바람개비만이 황량하게 하늘을 향해 돌아가고 있었다.

(중략)

천지가 고요한 이때 늑대 떼를 찾고 있던 포수 중 제일 연장자가 몸을 눕혀 모래 바닥을 살폈다. 이윽고 아직 한 번도 틀린 적 없는 이 노인은 낮은 목소리로 방금 생긴 이 발자국들은 두 마리의 큰 살쾡이와 그들의 두 새끼들의 걸음걸이와 억센 발톱을 나타내는 것이라고 말했다.

우리들은 모두 사냥칼을 갖추고 너무 희게 빛나는 총부리를 감춘 채 나뭇가지를 헤치며 한 발 한 발 걸어 나갔다.

세 명의 포수가 걸음을 멈췄다. 그러자 나는 그들이 보고 있는 쪽을 찾다가 갑자기 이글이글 타는 두 눈을 보았고, 그 뒤쪽으로 네 개의 희미한 형상이 달빛 아래 잡목 덩굴 속에서 춤추는 것을 보았다.

마치 주인이 돌아오면 좋아 날뛰는 사냥개들이 큰 소란을 피우며 뛰노는 늘 보던 그런 모습이었다.

그들은 형태도, 뛰는 모습도 비슷했다. 그러나 새끼 늑대들은 소리 없이 놀고 있었다.

(중략)

아비 늑대는 앞으로 나와 앉았다. 두 앞발을 세우고 갈퀴 같은 발톱을 모래 속에 박았다.

뜻밖에 당한 일이므로 살 길이 없다고 판단했다. 퇴로는 차단되었고 모든 길은 막혔다.

그러자 늑대는 불타는 듯한 입으로 가장 용맹스러운 개의 헐떡이는 목덜미를 물었다.

그의 살을 꿰뚫은 총탄에도 무쇠 집게와 같이 그의 넓은 배창자 속을 십자로 꽂는 날카로운 비수에도 그의 강철 같은 턱은 벌리지 않았다.

목 졸린 사냥개가 그보다 훨씬 앞서 죽어 그의 발아래 내동그라진 최후의 순간까지도.

그제야 늑대는 개를 놓고 나서 우리들을 쳐다본다.

우리의 칼들은 그의 허리에 손잡이까지 꽂혀 피로 흥건한 풀밭 위에 그를 못박아놓았으며 우리의 총부리는 험상한 초승달처럼 그를 에워싸고 있었다.

그는 계속 우리를 쳐다본다. 그러고는 입가에 질편한 피를 핥으면서 다시 눕는다.

그리고 어떻게 자기가 죽게 되었는지 알려고도 하지 않고, 큰 눈을 다시 감으면서 아무 소리도 지르지 않고 죽어갔다.

나는 화약 빠진 총대에 이마를 대고 생각에 잠겨, 남은 암 늑대와 그의 두 새끼들을 뒤쫓을 일조차 결심할 수 없었다.

이 세 식구는 모두 아비 늑대를 기다리고자 했으며 내가 생각건대 이 아름답고 슬픈 빛의 암 늑대는 그의 두 새끼만 없었던들 결코 수컷 혼자 그 큰 시련을 당하게 하지는 않았으리라.

하지만 어미 늑대의 의무는 새끼들을 안전하게 돌보는 것, 그들에게 배고픔을 잘 견디는 방법을 가르치는 것. 잠자리를 얻기 위해 인간의 앞잡이가 되어 숲과 바위의 원래의 주인들을 사냥하려 나서는 노예 같은 짐승들을 상대로 인간이 만든 도시민들의 계략에 새끼들이 결코 빠져들지 않게 하는 것이었으니.

아, 나는 인간이 수치스러웠다. 인간이라는 그 거창한 이름에도 불구하고 우리는 얼마나 초라한 존재인가!

어떻게 죽음을 맞이해야 하는가를, 어떻게 온갖 악으로부터 벗어나야 하는가를 너희들은 알고 있구나, 숭고한 동물들이여!

이 땅 위에서 우리는 어떤 존재였으며 또한 무엇을 남겼는지 돌이켜 볼 때, 오직 침묵만이 위대할 뿐, 나머지 모든 것은 쓸모없는 것이로구나.

-아아, 야성의 방랑자여, 이제 너의 뜻을 깨달았으니 너의 마지막 눈초리는 나의 가슴까지 와 닿는구나.

그 눈초리는 말하였다.

"그대가 할 수 있다면 꾸준히 노력하고 너의 영혼이 의연한 경지에 이르도록 하라. 나는 숲에서 태어나, 무엇보다 먼저 그곳에 도달했거니. 탄식하고, 눈물 흘리고, 간청하는 것은 모두 비열한 짓일 뿐이니, 운명이 너를 불러낸 그 길에서 길고도 무거운 너의 임무를 온 힘을 다해 수행하라. 그리고 나와 같이 소리 없이 괴로워하다 죽어라."

인간의 무모함이나 잔인함, 이기심, 뭐가 뭔지도 모를 무지함! 그것을 탓하기 이전에 가족을 위한 아비늑대의 저항과 새끼를 살리려는 어미늑대의 본능적 인내가 눈물겹도록 다가오는 시입니다.

참, 빠트릴 뻔 했네요. 숲이 좋은 이유가 한 가지 더 있는

데요, 바로 노인들의 얘기입니다.

제가 잘 가는 숲 산책로를 한 바퀴 찬찬히 돌고 나면 정자가 나오는데 그곳에서 있으면 어르신들의 얘기가 자연스럽게 들려옵니다. 그 구수한 입담은 맑게 지저귀는 새소리처럼이나 미소를 짓게 만들어 줍니다. 심지어는 없는 사람 흉을 본다거나 욕을 해도 참 유쾌해지니 말입니다. 기억나는 얘기 몇 가지를 꺼내보겠습니다.

"어제 말여. 박형 때문에 한잔 더 마셔서 혼났네. 그 양반이 꼭 구십인디 맥주 열 병은 까. 대단햐. 그 양반하고 어울려 그걸 다 마셨으니. 사람이 소보다 더 먹는다는 거여."

"먹고는 간다지만 등에 지고는 못 간다잖아!"

"조는 어디까지 있는지 알어?"

"글쎄, 천조, 만조?"

"아녀, 만조는 없잖녀."

"몰라."

"경 위로는 해라든가? 해 다음에 경 아닌감?"

"글쎄."

"쓸데없는 소리들하고 있네. 어디서 돈백이라도 뚝 떨어졌으면 좋겠다. 안 그려?"

"저 영감은 시집 못 간 시누이처럼 심술만 부리네."

"좀 어뗘?"

"말도 마."

"콧구멍이 두 개니 숨은 쉬지."

"왜 맨날 산에 오는겨?"

"낮에는 꼼지락거려야지."

"그러는 이사장은 왜 오는겨?"

"마누라가 나가랴."

"뼈가 뜨끔뜨끔햐."

"뼈엔 홍화씨여."

"그게 복숭아씬가?"

"아녀! 그거랑은 틀려."

"말린 지내도 좋댜."

"달걀에다 가루내서 먹으면 닷새면 똑 떨어져."

"더위에 어떻게 지냐?"

"며느리한테 밥은 얻어먹어?"

"사위하고 살아. 딸이 편햐."

"얼굴봉께 더위는 안즉 안 먹었네."

어르신들 얘기를 듣고 있자니 우습기도 하고 구습기도 했지만 한편으론 또 슬프기도 했습니다.

그런 말이 떠오릅니다. 『장자』 '지북유편'에 나오는 '인생천지간 약백구지과극 홀연이이'

쏜살같은 세월. 세월의 덧없음을 빗대어서 말한 거지요. 김만중 『구운몽』 성진의 하룻밤 꿈이나 『장자』 '호접지몽'처럼 빠른 세월을 말한 것처럼요.

'사람이 하늘과 땅 사이에 산다는 것은 마치 날쌘 말이 틈 앞을 지나는 것처럼 순간적인 일에 불과하다.'

일엽편주처럼 세파에 시달리며 힘겹게 살아온 인생입니다. 자식들 건사하느라 일만하며 살았습니다. 돌이켜 보면 순간적인 삶이었습니다. 날쌘 말처럼 너무 빨리 지나왔습니다.

아침 해가 고맙고 지는 해가 아쉽기만 합니다.

노인을 모시는 마음은 공경의 마음입니다. 경로라는 말에 격노해서는 안 됩니다. 할아버지, 할머니, 부모님을 대하듯 예의와 경애 존경을 다해야 합니다. 오로지 가족을 위해 인생을 할애하시고 험한 길 마다않고 걸어오신 인생입니다.

우리도 머잖아 그렇게 됩니다.

공경하지 못할 이유는 하나도 없습니다.

너는 센머리 앞에서 일어서고 노인의 얼굴을 공경하며 네 하나님
을 경외하라. 나는 여호와니라. (레위기 19장 32절)

드디어 저의 자작시 입니다.

숲의 노래

무인산(無人山)!

언젠가는 그곳으로 가리. 인적 없는 곳으로

인품이나 기품, 교양이나 고매 따위는 던져 버리고

편견과 선입견, 외견이나 가식도 모두 떨쳐버리고

그곳에서 수사자처럼 머리와 수염을 깍지 않고 옷을 벗고
자유롭게 지내리

쉬엄쉬엄 게으르게 일하고, 숲의 왕처럼 군림하며,

모든 일을 누구의 허락 없이 혼자서 주관하며 살으리

나무를 오래 안고, 맨땅에 코를 대어 풀의 싱그러운 냄새
를 맡으리

먼 산이 보이는 곳에 앉아서 볕을 쬐고 고라니나 다람쥐
와 정겹게 눈을 맞추리

그만 두리

쏘로우, 예이츠, 마사노부*, 도연명 그런 사람들 얘기도 그
만두고,

한국기행, 자연인, 코리아 헌터, 한국인의 밥상, 그런 프로
도 그만 보고,

백석 시나 예민 노래도 이젠 그만 들으리

다만,

달을 볼 때, 비가오거나 적막할 때 문득 가족이 미치도록
그리울 때

그때는 참고 숨겨놓았던 술을 꺼내어 마시고 취하리

글쎄,

---

* 후쿠오카 마사노부: 자연농법 창시자. 4무 농법철학(무경운, 무비료, 무
농약, 무제초) 전파. 저서 『짚 한 오라기의 혁명』으로 전 세계 29개국 농업의 새
로운 반향을 일으킴.

누구를 위한 경쟁이며, 누구를 위한 승리였던가!

생각 없이 파수꾼이 되었고, 무조건 챔피언이 되기 위해 달렸던 삶

그런 것이 삶의 목표나 성취라고……. 그런 것이 옳은 줄만 알았던 삶

경쟁과 싸움 뒤 또, 양보와 용서를 부추기는 삶!

속담도 상황 따라 끼워 맞추면 옳았고, 환경 따라 사람들 목소리도 변하는 것 같아서

이젠 질서가 필요 없는 자유로운 삶을 살아보리

유유자적한 삶을

낮이면 볕 아래 몽상에 잠기고, 밤이면 긴 속눈썹 같은 별빛아래 상상력을 키워보리

접시처럼 누워 무한히 넓은 우주를 보며, 별과 담소하고, 별을 노래하리

추우면 원주민처럼 연기를 피우고, 저녁노을 황혼을 보며 보헤미안이 되어보리

궁핍이나 풍요도 없는 숲에서, 산안개가 피어나는 골짜기에서,

고양이 세수를 하고 해질녘 석양의 온화한 기운을 받으며

그리움에 빠져보리

외로움, 그리움, 두려움, 어려움, 모두 견뎌낼 몫일 것이라
서, 그것부터 극복할 몫이라서
고장 난 시계처럼 하루가 무료하고, 벙어리처럼 외롭더라도,
또, 어둠이 무섭고, 추위와 배고픔이 견디기 쉽지 않더라
도,
사랑하는 가족과, 친구가 그리워 보고 싶더라도,
참아 내리, 참아 보리
정 외로울 때는 바야바처럼 소리라도 지르고 눈물도 맺으
며 가짜라도 크게 웃음 지어보리

숲 내음 그윽한 바람의 향기를 맡으며
구수한 빵 같은 흙의 자양분과 대기의 기운을 느끼며
숲의 신비로움 속에서 산짐승처럼 조용히 지내리
열등감도 없는, 초라해지지 않은 곳, 소외나 따돌림이 없
는 곳에서
나 혼자만의 자유로운 야생의 삶을 살아보리
자연 속 야생의 삶을

그는 옛것을 좋아하고, 소중히 여길 줄 알며, 무엇보다도 자연의 나무들, 고향의 산천, 뒷골목, 꾸불꾸불 뒤틀린 옛 지붕을 좋아합니다. 나무를, 살랑거리는 바람을, 산을, 산속에 피어난 이름 모를 떨기 야생화를, 그리고 그 가운데 떠오른 청순한 달을 좋아해요.

살랑거리는 바람과 별과 시를 또한 좋아하지요.

빛바랜 세월, 잊힌 가족 찬가의 기억

현 욱(철학가)

1. 이 시대

송 선생의 이번 소설 역시 어김없이 그의 깊은 내면의 의
식 세계를 대상으로 하고 있지 않나 해요. 가족이 사라진 세
대, 추억이 잊힌 세월, 따스한 인정이 메마른 세태, 찬바람
만이 스산하게 공허한 대지를 휘몰아치는 작금의 회백색 도
시……. 산천은 의구한데 인걸은 간 데 없다는 옛 시인의 한
탄이 아니더라도 몸서리치게 외로워지는 현대……. 가슴 한
편이 텅 비어오고 메케한 울음이 치밀어 올라, 마치 아버지
가 돌아가셔서 참지 못하고 복받쳐 오르던 그 울음과도 같

은 진한 서러움이 엄숙해 옵니다. 그러기에 이 시대를 예리하게 예감한 시대의 양심, 니체는 급기야 미치지 않을 수 없었다고 하지요.

그는 자신이 휴양하며 글을 썼던 이탈리아 북부 도시 토리노의 한 언덕 길가에서 쓰러진 말을 사정없이 내리치는 마부의 채찍을 보고서 갑자기 뛰어들어 그 말을 얼싸안고 대신 그 모진 매를 맞으며 대성통곡했다고 하지요.

하~ 너무나 먹먹해져 오지요, 왜인지는 딱히 알 수 없어도 무한히 솟구쳐 오르는 동정심……. 그 후 그는 시름시름 앓으면서 십여 년을 정신병동에 갇혀서 지옥의 세월을 지내다가 급기야 죽고야 말았다고 하지요.

대체 왜 그는 말 대신 그 모진 채찍을 맞으며 통곡한 것일까요? 대체 왜, 왜? 이에 대한 자료는 전혀 남아있지 않아서 오늘의 우리는 이에 대해 전혀 알 길이 없네요. 오늘의 세태를 예감한 그가 너무나 안쓰럽고 슬퍼 우리 대신 통곡한 것은 아닐는지요. 아닐 수도 있어요, 그걸 누가 알겠어요. 그러나 오늘을 사는 우리는 대체 왜 이렇게도 외롭고 몸서리가 날까요?

2. 기계문명과 고향

미워할 수도, 결코 달가워할 수만도 없는 기계문명이 온 지구촌을 덕지덕지 점령하고 그 잔재들이 온갖 쓰레기가 되어 우리의 삶의 터전인 산천과 하늘과 대지를 누비며 우리의 영혼을 혼탁하게 물들이고 있습니다. 기계, 대체 이 기계란 무엇이며, 왜 필요한 것일까요?

기계란 이미 르네상스 시대에도 등장했으나 인간의 삶의 방식을 혁명적으로 뒤바꾸기 시작한 것은 아무래도 근대 이후지요. 기계는 인간이 만든 것이에요. 인간이 만들었기 때문에 기계는 인간의 본질을 그대로 반영하고 있다고 해요.

근대철학의 아버지라는 데카르트는 인간의 몸이 동물의 그것과 마찬가지로 자동기계에 지나지 않는다고 했어요. 물론 그는 인간이 동물과는 달리 영혼을 가지고 있다고 했지만요. 그는 이 영혼과 몸이 뇌 속의 송과선(솔방울샘)에서 만나 서로 영향을 주고받는다고 했어요. 그 밖에는 인간의 몸은 그냥 기계인 셈이지요.

그리고 프랑스의 물질주의자인 라메트리는 인간을 기계의 관점에서 가장 잘 이해할 수 있다고 했어요. 왜냐하면 그 기계를 만든 것이 바로 인간이기 때문이지요. 과연 그럴까요?

그럴지도 모르지요. 그러나 만일 그렇다면, 인간이 기계에 불과하다면 이 세상은 너무나 일차원적이고 황량하지 않을까요?

어쨌거나 인간이 기계라는 생각은 어느 정도는 맞는 말인 듯해요. 하는 행동들이 그렇고, 그들의 행위 결과가 또 그러해요. 그래서인지 세상은 점점 더 기계처럼 효율과 성과, 속도와 피상성이 판을 치는 곳으로 변해가고 있어요. 오로지 능률과 성과만을 안중에 두기 때문에 그것이 어떤 결과를 가져오는지에 대해서는 무관심해요. 날이 갈수록 무질서와 혼란, 오염이 가중되는 이유라고 생각하지 않을 수 없어요.

인간의 이기주의적 착상은 땅을 오염시키고, 강을 더럽히며, 그것이 흘러든 바다를 죽음의 장소로 화하게 하지요. 방사능과 각종 쓰레기로 몸살을 앓다 못해 이제는 기후마저 뒤바뀌며 극지방의 빙하를 녹게 해 이제는 육지가 점차 물속으로 들어가고 있어요. 만일 극지방의 얼음이 모두 녹는다면 육지는 2600m의 물 속으로 들어갈 것이라 하네요.

그래도 인간은 굴복하지 않습니다. 이를 의식하고 오염을 실질적으로 줄이는 국가는 거의 없다시피 하지요. 참 무섭고도 한심한 일이지요. 이제 희망이 나날이 없어지고 있어요. 시간이 얼마 남지 않았어요. 우리가 낙관적 낭만의 문학을 읊조릴 여유가 없는 이유지요.

이렇게 무시무시한 기계문명의 그늘에 가려 보이지 않지만 그 희미한 흔적이 아주 없어진 것은 아니지요. 이것이 송 선생의 소설에서는 가족이라는 키워드로 나오지요. 이제는 역사의 뒤안길로 사라져 기억으로부터 거의 사라져 버린 우리의 고향에는 잡초만 무성하고 버려진 집들과 거리와 들녘……. 집안을 정겹게 함께 해 온 누렁이는 이제는 주인을 잃고 남의 손으로 넘어가거나 안락사당하는 처지로 전락한 지 오래지요. 송 선생의 말대로 말이에요.

왜 이렇게 되어버린 걸까요, 왜? 송 작가 혼자서 이 시대를 부여잡고 안간힘을 다하고 있는 모습이 안쓰럽다 못해 미안하다는 생각이 절로 드네요. 옛 추억과 간절함, 그리움, 울컥해 오는 미련과 안쓰러움, 아무리 퍼내도 마르지 않는 향수……. 달래도 달래도 더욱 간절해 오기만 하는 빛바랜 기억들. 송 작가의 이번 글에서는 이런 감정의 조각들이 뭉텅뭉텅 묻어납니다. 인간은 현재를 살지만 그의 의식은 과거를 기억하고 그리며 그것으로 현재를 지탱하고 또 미래를 비추려 하지요.

3. 빛바랜 기억들

인간이란 크게 보면 기억이에요, 기억. 모든 게 기억일 뿐이지요. 우리의 이 순간, 현실적인 나의 삶 자체가 곧 기억이라는 거예요. 그러면 현재는 없는 걸까요? 있을 것이라고 여겨져요. 그러나 '나'에게 인식되지는 않아요. 왜 그럴까요?

우리의 뇌는 감각기관이 받아들인 외부세계에 대한 정보를 뉴런을 통해 뇌로 보내요. 그래서 뇌에서 그것을 분석하여 그 정체를 인식해요. 이 인식이 곧 나에게 알려지는 것이지요. 즉 외계의 정보가 나에게 알려지는 것은 언제나 과거의 것이라는 거예요, 과거! 현재의 정보는 우리에게 알려지지 않는 셈이지요.

그리고 더 중요한 것은 우리의 감각기관이 받아들이는 정보는 어디까지나 뇌에 의해서 인식된 것으로서만 의미가 있다는 거예요. 즉 감각기관의 정보가 되기 전의 사실 자체는 우리에게 인식되지 않는다는 것이지요. 어떻든~. 우리가 알고 있는 모든 것은 엄밀히 말하면 과거에 관한 기억이라는 것이지요.

그렇게 기억을 안고 살다가 또 그렇게 그 기억을 안고 죽어요. 그래서 인간은 역사적 존재라고들 하지요. 그렇다고 인간이 과거에 매달려 비관적 삶만을 영위한다고 단정하는 것은 절대 아닙니다.

우리가 잘 아는 영국의 역사가 카(Carr)는 인간의 역사가 진보하며, 역사란 과거에 머무는 것이 아니라 현재화하면서 미래를 전망하는 것이라고 하였지요. 그러나 이런 그의 진보적 역사관도 이제는 빛이 바랬습니다. 이 판국에 역사는 진보한다는, 근대 이성주의적 역사관을 곧이곧대로 믿는 이가 얼마나 되겠어요. 그러기에는 우리의 역사가, 이 현실이 너무나 절박한 모습을 하고 있지요. 나찌 이래 핵무기가 넘쳐나도 정신을 차리지 못하고 여전히 내 밥그릇만 작아 보이는 이기주의의 국가들. 이제는 자동차와 공장에서 뿜어내는 매연으로 미세먼지가 우리의 삶을 급격히 덮쳐와 옥죄어오는 절체절명의 순간을 어렵사리 순간순간 버티어 나가고 있습니다.

봄이 사라지고 우리의 온화한 기후는 아열대로 급격히 변화하여 어쩔 줄 모르고 있는데도 지금 이 순간에도 각종 이권다툼과 밥그릇 싸움은 날이 새는 줄도 모르고 있습니다.

매연과 미세먼지로 몸살을 앓으면서 한여름의 따가운 햇볕이 사정없이 내리쬐는 도심. 어김없이 자신의 소담스럽고 듬직한 이파리를 피워내어 찌든 일상과 오염된 도심의 대기에 생기를 찾아주는 고맙고도 가상한 가로수 플라타너스는 무참히 가지가 잘린 채, 신음도 제대로 하지 못하고 있지요! 시청 가로수과 직원이 무슨 이유인지는 몰라도 매년 가지를 무자비하게 잘라내어 보는 이의 가슴을 후벼 파내도 어느 누구 하나 이를 심각하게 보거나 지적하지 않는 것이 작금의 현실이지요! 국민의 세금으로 오염된 환경과 찌든 마음을 보듬어주는 자랑스러운 가로수를 무자비하게 잘라내는 무식한 용기 앞에 기가 질려버린 것인지도 모르겠지만요.

어디 이뿐이겠습니까? 아, 우리의 역사는 어디로 가는지, 인류의 운명은 어디를 향하는지! 분명 송작가는 이 시대를 아파하고 걱정하는 사람들의 대열에 서 있어요. 미약할지는 몰라도 채만식이 말하는 탁류를 버티어 낼 조그만 힘이 되려고 하는 거예요. 그의 사색과 고집, 그의 문학의 숨은 매력과 힘은 바로 이런 것이 아닐까 기대해 봅니다.

그는 옛것을 좋아하고, 소중히 여길 줄 알며, 무엇보다도 자연의 나무들, 고향의 산천, 뒷골목, 꾸불꾸불 뒤틀린 옛 지붕을 좋아합니다. 나무를, 살랑거리는 바람을, 산을, 산속에 피어난 이름 모를 떨기 야생화를, 그리고 그 가운데 떠오른 청순한 달을 좋아해요. 살랑거리는 바람과 별과 시를 또한 좋아하지요. 그리고 무엇보다도 그 가운데 아직 버티고 있는 사람들을 좋아해요. 그들을 만나기를, 대화하기를, 술 마시며 토론하기를, 특히 가슴의 대화를…….

문학을 좋아해요. 그는 생활을 위해 기꺼이 헌신하는 아빠이자 가장이지만, 자신만의 세계를 버리지 않아요. 가슴과 자유, 자유로운 만남과 대화, 특히 남의 말에 귀 기울이기를 싫어하지 않는…….

못다 한 이야기

이제부턴,

뭔가 큰 착각을 하며 살아봐야겠습니다.

자연 속에서 혼자서 지낸다는 것,

자유로운 삶을 산다는 것을 말입니다.

못 다한 이야기

언제부터,

뭔가 큰 착각을 하고 있지는 않을까.

자연 속에서 혼자서 지낸다는 것, 자유로운 삶을 산다는
것,

시대착오적인 생각을 하고 있는 것은 아닐까.

숲을 좋아하는 충청도 촌놈이 한양(서울) 출판사에 올라갑
니다.

두리번두리번 서울역 환승역부터 저는 영락없는 시골촌놈
이 되고 맙니다.

파일을 든 중년여성, 양복을 입은 노인들, 언어가 다른 이
국인들, 손 터치가 빠른 젊은이들, 이어폰과 통화하는 사람,
만원지하철 속, 삶의 방식들, 존재의 방식들, 삶의 궤도……
땅속에서도 그렇게 많은 사람들이 득실득실 움직이고 있었
습니다.

꿰다놓은 보릿자루가 딱 그랬을 겁니다. 저는 금세 주눅

이 들었습니다.

'겁나게들 살아가고 있구나.'

저도 한때 득실득실 그들처럼 움직이던 때가 있었습니다.

남 하는 대로 쫓아 뛰었고, 뒤처지지 않으려고 아등바등
하기도 했습니다.

그것도 모자라 늘 조바심에 떨면서 살았습니다. 그게 경
쟁의 한 방식이라고 생각했습니다.

살아온 인생을 들먹거리기도 뭣 하고, 삶을 뭐라고 말하기
조차 쉽지 않지만,

어째서인지 제가 남들과 비교 했고, 또 제가 남들과 비교
당하며 살아왔던 것입니다.

비교당한 마음은 추스르기도 쉽지 않았습니다.

자존감을 찾고 싶었습니다. 그것이 숲으로 도망치는 일은
아닙니다만.

스스로 잦아드는 마음을 실천해 보겠다는 것입니다.

언제까지,

겸손하게 낮추며 살아야 되는 걸까요?

타인을 의식하고 비교하고 상처받고 아파하고.

많이 생각하고 많이 번민했습니다.

자존감과 열등감을 혼동하며,

"죄송합니다. 감사합니다. 몰랐습니다. 알겠습니다."

조아리고 굽히며 살았습니다.

억울한 내색도 안했습니다.

배알, 줏대…….

허수아비도 바람을 타며 노여워 할 때가 있을 텐데 말입니다.

자존감은 상할 대로 상했습니다.

화를 내며 미안한 생각은 손톱만큼도 안하는 사람에게 두 손 다 들어주었고, '더러워서 피하지'라는 속담을 떠올리며 억지웃음을 보였습니다. 하지만 진 것 같고, 손해 본 느낌, 섭섭한 마음은 가셔지지 않았습니다.

'나에 대한 자존감을 지키는 것이 나에 대한 최소한의 도리다.'

짜증도 내보고, 큰소리도 쳐보고, 또 화도 버럭 내보고, 개무시 하고,

한번쯤은 그러고 싶은 때도 있었습니다.

얼마나 배려하며 살고 있습니까?

그럼 얼마나 존중받고 살고 계십니까?

어른들을 부모처럼, 아이들을 자녀처럼!

생각해 본 적 없진 않으시겠지만 요즘도 그러하신가요?

공손한 인사와 따뜻한 웃음, 그게 그렇게 어려운 일일까요?

동생이나 선배나 친구처럼 먼저 웃어주며 악수의 손을 내밀면 안 되겠습니까?

터놓고 말하자면 모두들 이웃사촌이잖습니까!

내가 웃으며 양보할 때 그들도 미소 짓고, 그들이 양보할 때 저도 미안해지는 마음!

뭐 거창하게 사회적 책임이나 구조적 변화, 인성교육이다, 복지다, 이런 말은 쓰지 않아도 되는 거 아닌가요?

서로서로들 조금만 바꿔도 될 것 같은데 말입니다.

서울에서 내려오는 무궁화호 스낵코너는 한산했습니다.

배낭을 메고 타는 젊은이들이 바닥에 퍼질러앉아 책을 보거나 핸드폰을 들여다봅니다.

사람과 사람사이, 꼭 바쁘게 사는 게 대순가?

어둑해지는 들녘, 논뜰을 보며 생각했습니다.

과거는 늘 어설펐습니다.

남이 하는 대로 기웃거리며 살아왔습니다.

'히힝-히힝'(이렇게까지 웃진 않았겠죠.) 가짜로 웃어대며 하이에나처럼 눈치 보며 살았던 겁니다.

땄건 떼었건 이젠 자리를 털고 일어설 때입니다. 더 이상 패를 조이며 꼼지락 거리다가는 아무것도 못해볼 것 같다는 생각이 들었습니다.

제가 저에게 알려주고 싶었습니다.

옳건 그르건 간에 네 마음대로 해보라고 말입니다.

치컥! 캔맥주 따는 소리가 기분 좋게 들립니다.

이제부턴,

뭔가 큰 착각을 하며 살아봐야겠습니다.

자연 속에서 혼자서 지낸다는 것, 자유로운 삶을 산다는 것을 말입니다.

당부의 말씀

저의 책 『아버지의 노래』(에필로그 포함)에 인용된 책이나 시, 영화 작품에 대하여 오로지 제 주관적으로 쓴 점! 독자 여러분들께 폭넓은 양해를 구합니다.

아울러 여기에 나오는 위대한 작가분과 그 책을 훌륭히 번역해 주신 선생님들, 또한 영화감독님들께 존경의 경의를 표합니다.

아버지의 노래

송범돈 지음

발행처·도서출판 **청어**
발행인·이영철
영 업·이동호
홍 보·천성래
기 획·이용희
편 집·방세화
디자인·이해니 | 이수빈
제작부장·공병한
인 쇄·두리터

등 록·1999년 5월 3일
(제321-3210000251001999000063호)

1판 1쇄 인쇄·2018년 10월 5일
1판 1쇄 발행·2018년 10월 15일

주소·서울특별시 서초구 효령로55길 45-8
대표전화·586-0477
팩시밀리·586-0478

홈페이지·www.chungeobook.com
E-mail·ppi20@hanmail.net
ISBN·979-11-5860-583-4(03810)

이 도서의 국립중앙도서관 출판시도서목록(CIP)은 서지정보유통지원시스템 홈페이지
(http://seoji.nl.go.kr)와 국가자료공동목록시스템(http://www.nl.go.kr/kolisnet)에서
이용하실 수 있습니다.(CIP제어번호: CIP2018028178)